无疆的文学

世界的音符

尚书房

走向世界的中国作家

婢女春红

林希　著

CHINESE WRITERS
WITH WORLDWIDE INFLUENCE

文化发展出版社
Cultural Development Press

图书在版编目（CIP）数据

婢女春红/林希著. —北京 :文化发展出版社，2016.9（2021.2重印）
ISBN 978-7-5142-1415-4

Ⅰ. ①婢… Ⅱ. ①林… Ⅲ. ①中篇小说—小说集—中国—当代
Ⅳ. ①I247.5

中国版本图书馆CIP数据核字(2016)第164857号

婢女春红

林希/著

出 版 人：赵鹏飞
总 策 划：尚振山　曹振中
责任编辑：肖贵平　周　蕾
责任校对：岳智勇　　**责任印制**：杨　骏
责任设计：侯　铮　　**排版设计**：麒麟传媒

出版发行：文化发展出版社（北京市翠微路2号　邮编：100036）
网　　址：www.wenhuafazhan.com
经　　销：各地新华书店
印　　刷：山东德州新华印务有限责任公司
开　　本：889mm×1194mm　1/32
字　　数：127千字
印　　张：7
印　　次：2016年9月第1版　2021年2月第4次印刷
定　　价：58.00元
I S B N ：978-7-5142-1415-4

◆ 如发现任何质量问题请与我社发行部联系。发行部电话：010-88275710

编委会

贾平凹：中国作家，书法家，画家。中国茅盾文学奖、费米纳文学奖、法国政府奖、美国美孚飞马文学奖获得者。作品被翻译成英、法、德、意、西、捷、俄、日、韩、越等二十多种文字。在国外产生影响的有英文版长篇小说《浮躁》，法文版长篇小说《废都》《土门》《古炉》等。

周大新：中国作家。中国茅盾文学奖获得者。作品被翻译成英、法、德、朝、捷等十多种文字。国外出版有法文版长篇小说《向上的台阶》等多部作品。由其短篇小说《香魂塘畔的香油坊》改编的电影《香魂女》获柏林国际电影节金熊奖。

尚振山：尚书房图书出版品牌创始人。出版有“中国名家随笔丛书”、“中国文学排行榜丛书”、“中国小小说名家档案”（100 卷）等。

不仅是为了纪念

——“走向世界的中国作家”文库总序

野　莽

尚书房请我主编这套大型文库，在一切都已商业化的今天，真正的文学不再具有20世纪80年代的神话般的魅力，所有以经济利益为目标的文化团队与个体，已经像日光灯下的脱衣舞者表演到了最后，无须让好看的羽衣霓裳做任何的掩饰，因为再好看的东西也莫过于货币的图案。所谓的文学书籍虽然也仍在零星地出版着，却多半只是在文学的旗帜下，以新奇重大的事件冠以惊心动魄的书名，摆在书店的入口处引诱对文学一知半解的人。尚书房的出现让我惊讶，我怀疑这是一群疯子，要不就是吃错药由聪明人变成了傻瓜，不曾看透今日的文化国情，放着赚钱的生意不做，却来费力不讨好地搭盖这座声称走向世界的文库。

但是尚书房执意要这么做，这叫我也没有办法，在答应这事之前我必须看清他们的全部面目，绝无功利之心的传说我不会相信。最终我算是明白了他们与上述出版人在某些方面确有不同，私欲固然是有的，譬如发誓要成为不入俗流的出版家，把同行们往往排列第二的追求打破秩序放在首位，尝试着出版一套既是典藏也是桥梁的书，为此已准备好了经受些许财经的风险。我告诉他们，风险不止于此，出版者还得准备接受来自作者的误会，这计划在实施的过程中不免会遇到一些未曾预料的问题。由于主办方的不同，相同的一件事如果让政府和作协来做，不知道会容易多少倍。

事实上接受这项工作对我而言，简单得就好比将多年前已备好的课复诵一遍，依照尚书房的原始设计，一是把新时期以来中国作家被翻译到国外的，重要和发生影响的长篇以下的小说，以母语的形式再次集中出版，作为中国当代文学的经典收藏；二是精选这些作家尚未出境的新作，出版之后推荐给国外的翻译家和出版家。入选作家的年龄不限，年代不限，在国内文学圈中的排名不限，作品的风格和流派不限，陆续而分期分批地进入文库，每位作者的每本单集容量为二至三个中篇，或十个左右短篇。就我过去的阅读积累，我可以闭上眼睛念出一大片在国内外已被认知的作品和它们的作者的名字，以及这些作者还未被翻译的21世纪的新作。

有了这个文库，除去为国内的文学读者提供怀旧、收藏和跟踪阅读的机会，也的确还能为世界文学的交流起到一定的媒介作用，尤其国外的翻译出版者，可以省去很多在汪洋大海中盲目打捞的精力和时间。为此我向这个大型文库的编委会提议，在编辑出版家外增加国内的著名作家、著名翻译家，以及国外的汉学家、翻译家和出版家，希望大家共同关心和参与文库的遴选工作，荟萃各方专家的智慧，尽可能少地遗漏一些重要的作家和作品，这方法自然比所谓的慧眼独具要科学和公正得多。

当然遗漏总会有的，但那或许是因为其他障碍所致，譬如出版社的版权专有，作家的版税标准，等等。为了实现文库的预期目的，那些障碍在全书的编辑出版过程中，尚书房会力所能及地逐步解决，在此我对他们的倾情付出表示敬意。

2016 年 5 月 7 日写于竹影居

目录

婢女春红

1

每一个奴婢都有一本功劳簿。

堂堂男子，生而为奴，实在也是可怜可悲。远古之年，群落相争，胜者烧杀抢掠，败者，男为奴、女为婢，由此，中国便有了奴婢；而且，中国的历史有多少年，中国的奴婢也就存在了多少年。只是，这里要说明的是，奴婢不同于奴隶，为奴隶者，可以“起来”，而为奴婢者，却又是不肯起来。他或者是她，就是要凭着自己的这本功劳簿，无论主人的权势有多大，也无论是主家的门楼有多高，他或者是她，都可以理直气壮地出出进进，也敢于在门口说三道四，为什么？他，或者是她，在这个家里虽然只是奴婢，但却是有功之臣。

我们侯姓人家是天津卫的一家大户，祖辈上出过大官，到了我祖父这辈，虽说是不入仕了吧，可是在天津卫也还是有权有势的人物，我家祖父只坐在家里，历届的天津市市长到任之后，第一件事，就是专程到我家来，拜会侯老太爷，然后，这位父母官大人才能到任再烧他那三把火。何以这位侯老太爷就有这么大的威风？说不清。这，你只要看一看我们家大门门楹上的那一方木匾，你也就知道是什么原因了，那一方木匾上面只写着四个大字："佑我黎民"。什么人物居然可以保佑天津卫七十二沽黎民百姓的平安？侯老太爷。

我们家这么大的派儿，满天津卫，上至当今父母，下至平民百姓，直到青皮无赖，地痞流氓，哪一个敢在侯家门外耍威？又哪一个敢在侯家院里吆五喝六？只有一个人，那就是我们家的老仆：吴三代。

吴三代是什么人？不是告诉你了吗，他是我们家的仆人，也就是我们家的奴仆。而奴仆，那就是主家的私有财产，可以买卖、可以打骂，他等那是连起码的人身自由都没有的。而对于如吴三代这样的家奴说来，就是被主家活活打死了，官家都不能过问，那就和打死一条狗一样的。过去的一句老话，你还不如一条狗，骂的就是这类奴仆。

但是，吴三代就不同，在侯家府邸里，吴三代就是半个主子，他不吃大灶上做的饭菜，他和主家吃一样的饭菜，不同的只是吴三代不上正桌，他自己在厨房里有一张小桌，一日三餐厨娘给他早早地摆好饭菜，晚上还有一壶老酒，酒足饭饱之后，吴三代回到他自己的房里，小下人还要为他端来一盆洗脚水，他要舒舒服服地烫烫脚。估摸着吴三代没有什么事情好做了，我们这些小弟兄们才来到下房找吴三代说故事，吴三代知道的事情真多，从上古开天辟地，到如今的民间传说，他一讲就是一个晚上，直到我们各个房里的妈妈到下房里把我们找走，我们还是不舍得离开吴三代。这时吴三代就哄着我们小弟兄说："明天早早来，我给你们说老家里捉'仓官'的故事。"

这里，要说明两个词，第一，"妈妈"，这里的"妈妈"可不是我们的母亲，我们管母亲叫娘，"妈妈"，指的是我们房里的女佣人，譬如我们房里的女佣人姓陈，我们就叫她是陈妈，婶婶房里的女佣人姓张，我们就叫她张妈。当然，各房里的女佣人也有没出嫁的，这就不能叫"妈"了，对于这类没出嫁的女佣人，我们就直呼她的名字，后来母亲房里的女佣人，也就是吴三代的女儿，没有出嫁，我们就叫她春红。第二个词："仓官"，就是田鼠，没有什么好多说的。

女佣人，旧称为婢，但自从共和以来，"婢"这个称呼没有了，就说我们家吧，也没有人深究这类人是什么地位，也没有一个名分，就是各房里的"人"罢了。你瞧，这不就是平等了吗？有皇上的时候能这样吗？

如此，有些话也就说清楚了，吴三代是我们家的老仆，吴三代的女儿又是我们房里的佣人，这样吴三代就有两代人在我们家为奴为婢了。不光是他们父女两个人呢，吴三代的父亲原来就是我们家的老奴。

如是，就要说到吴三代的功劳簿了，吴三代所以在我们家享受特殊待遇，究其原因，那要从吴三代的老爹说起。吴三代的老爹叫什么名字？没有人对我们说过，我们只见老人们说起他时都带着几分敬重，大家全叫他是老吴叔。

这位老吴叔在我们家当差的时候，我们都还没有生出来呢，那时候，我母亲都还没有进侯家的门，若不，吴三代每逢不高兴的时候就甩闲话："你才来了几天?"那意思明明是说，他吴三代在侯家已经是开山老祖了。

老吴叔在我们家当差的时候，只有 30 岁，开始也就是一个仆人罢了，每天只做些粗活，按年从账房领一份工钱。此外呢，平日，他们是连主子的面都见不到的。据老祖父对我们说，老吴叔在我们家当差，那是非常认真肯干的，无论分给他什么重活，他都会好好地去做，从来没让主家挑出过半点差错，在我家几十名仆佣之间，老吴叔是最勤快的一个。星移斗转，转眼之间，老吴叔在我们家干了十多年，他已经四十多岁了，这时我们的老太爷就把他找到内府来做些零活儿，因为内府里也有些重活，那是女佣人做不了的，可是年轻的男仆人又不能让他们进内府，如今老吴叔四十多岁了，当了这么多年的差，也看出是个老实人，这样就把老吴叔召到里面来了。老吴叔进到内府之后，各种活计做得更加认真，让他看夜，他能一整夜不眨眼地各处查看，经他查看出来的事端可是为数不少，一次后院里佛堂，也不知是谁上香之后没有等香烧完就离开后院径自去了，夜里一阵风把香火吹到了柴垛上，幸亏老吴叔发现了，这才避免了一场火灾，想起来就让人后怕。

老吴叔在我们家待的时间越久，做的活越多，他的功劳簿上记的功劳也就越多，渐渐地他也快成为一员功臣了。这时老吴叔不仅按年从账房里领一份工钱，他还不断地得到全家人的各种赏钱。因为各房里无论让老吴叔做什么事，主家都要多少给他一些报酬，老吴叔把这些零钱存起来，每年回家时就带回家去，听说老吴叔已经在乡下买了好十几亩地，凭着这些田地，他是完全可以在家里享福的，只是乡下人的传统，只要有能挣钱的地方，就不吃家里的饭，这样，老吴叔才还是在我们家里当差。

那是在我父亲才 6 岁时候发生的事，那一年天津发大水，也不是整个的天津卫全被水淹没了，只是大河里的水太大，河水涌出了河面，连平日走车过人的大桥上，都是半人深的水，这样，天津河东河西就断了来往，谁也不敢过河，明看见大桥的栏杆横在水面上，可是谁也不敢下桥，只怕一个浪头打过来把人卷走，因为河水的流势是太猛了。

偏偏这时我父亲得了一种什么病，而我们家又住在河东，遍河东的医生全请到了，服了不知有多少药，可就是不见效应，眼看着人是一天天地就要不行了，这时可真是急坏了我的祖父和祖母，他老二位每天只守在父亲的小床旁哭，一点办法也想不出来。偏这时，也不知是谁说了一个主意，这个人说就在河西有一位老世医，专治我父亲得的这种病，而且人家是药到病除，保证能把小哥的病治好。可是，谁又能过河去把这位医生请来呢？再说就是你派人去请人家，人家也不肯跟你来呀，那一大半被淹没在水下的大桥，有谁敢过？你总不能让人家医生舍下自己的性命，来救你家小哥的性命吧？没有一点办法，眼睁睁就只有看着孩子夭折了。

恰这时，就在我的父亲眼看着就要不行的时候，一天早晨，老吴叔一步闯进到了屋里来，好在他已经是老仆了，祖母也拿他当自家人看待，所以也就没有呵斥他“何以如此放肆”。

“老太爷，”老吴叔闯到屋里之后，咕咚一下就跪在了祖父祖母面前，他向着我家老祖父祖母施了一个大礼之后这才说道，“二位主子，老吴头这许多年在府上吃闲饭，总也没有个报答主子恩德的时候，如今你老二位若是信得过奴才，你老就让奴才过河去把那位医生请过来吧。你老放心，奴才知道，有那等心怀叵测的人想赖主子一笔钱财，他等就越是要在这时刻向主子敲诈，明说是去做什么事，其实只是铤而走险，就是舍出了性命，也给自己的后辈挣出了吃喝。只有我吴老头一片忠心，我过河去请医生，请到了不要主子一文钱的赏赐，半路上倘被大水卷走，现在我就给主子立下字据，不要主子的一文赔偿，我就是看着小主子不能就这样没有了救治，就是舍了我一家人的性命，也要把小主子的性命保下来呀。”

“可是，如今就连大桥之上都是水深过腰，你又该如何走过去呢？”老祖父自然希望能有人肯过河把那位医生请过来，此时听到老吴叔自告奋勇要去河西请医生，他便急切向老吴叔问着。

“老太爷放心，我自有办法。昨天奴才到河边去过，本意是想雇一只船的，可是河水太急，如今已是连船都不敢渡了。只是看着看着奴才忽然突发奇想，我想人们为什么不敢在桥上走呢？”

“不是怕水势太猛吗？”这时我的老祖父对老吴叔说着，“已经有许多过桥的人被河水卷走了。”

“对了，奴才也听人这样说过。”老吴叔回答着说，“可是，奴才又想，倘若过河的人在腰间系上两个大铁球，再细心地抓牢大桥的栏杆，那水势就是再大，该也是不会被冲走了的吧？所以，你瞧，奴才早找了两个大铁球，一个足有 50 斤，把这两个大铁球系在腰间，我想水势就是再大，我也是不怕了。”说着老吴叔还给老祖父做了一个表演，好让老祖父相信他必能完成任务。

“不行，”老祖父还是不相信地说着，“就是你过得了河，那医生也是不肯随你过到河这边来的。”

“老主子，你放心吧，只要我过得去河，我就能把老世医请过河来的。我给他下跪，求他救我家小主子一条性命，我保证让他过河的时候滴水不沾，我把他背过河来，事成之后，我再把他背过河去，这一来一去，倘衣服上有一个水滴，就撕下我一块人皮来给他赔偿。老主子，你就让我去一趟吧！”说着，老吴叔连连地向老祖父央求，就像是救他自己的亲人似的。

老祖父见老吴叔如此诚恳，求医心切，他也就只能答应让老吴叔去冒一次险了。这时，我家的老祖父从柜里取出两只金元宝，随手交给老吴叔说：“过河之后，见到医生，你只管对他说，这两只金元宝只是一点表示，孩子病好之后，我一定另有重谢。”说罢，老祖父就把这两只金元宝交给老吴叔，让他带在身上过河请医生去了。

老吴叔走了之后，我家的老祖父和老祖母只看着荷兰国的大珐琅座钟等消息，过了一个钟头，又过了一个钟头，就是一点消息也没有。等呀等呀，一直等到天快亮了，还是不见老吴头回来。这时家里的人就有人说话了。有的人说老祖父太相信老吴叔了，他是看着我们一家人着急，就起了歹心想坑钱，老祖父也是太心善，只凭他一说就把两只元宝交给了他，说不定，他拿上这两只元宝跑走了呢。七嘴八舌地自然说什么的都有，老祖父只是一双眼睛看着我的父亲可怜的样子，万般着急，他已经是在椅子上坐不住了，便在房里转过来转过去地匆匆走着。

“咯咯咯”一声鸡啼，天亮了，这时小床上我的父亲大人忽然睁开眼睛，向我祖父和我的祖母二位大人说了一声：“父母亲大人，孩儿去了。”说罢就闭上双眼，再不出声了。

“我的心肝宝贝儿子呀!”当即，老祖母就哭了起来，我的老祖父也是慌了手脚，只是一个劲地大喊：“来人呀！来人呀!”呼啦啦，满宅里的上下人等全都跑来了，可是祖父又说不出把这些人全都叫来有什么事，大家就这样呆呆地立着，谁也不敢出声。

“快让开路，医生来了!”也不知是谁一声大喊，人们立即闪出一条路来，随之一阵风，老吴叔背着一位医生从大门外跑了进来。那医生进到房来，什么话也来不及说，他只往我父亲大人的小嘴里塞了一粒药丸，然后才坐下来给我的父亲大人把脉。也真是神医可以妙手回春了，就在这位老世医给我的父亲大人把脉的时候，只见我的父亲大人嘴巴动了一下，我的老祖母俯下身去一听，立即传出话来说：“他要喝水。”

天爷，小爷说话了，起死回生，侯家的小少爷病情好转了，立时就有人送上了水来，有温的，有烫的，有冷的，各种温度的水都有，只由我的老祖母选用，你就说说，这家里的仆佣多了，是多顶用吧。可不像如今我这个样子，想喝一口水，要就自己走到厨房里去倒，提起几只保温瓶，里面全是空的，才问一声："里面怎么没有水?"立即就是一番臭骂："早就对你说该烧水了，你装聋。渴死你个懒虫。"你说，这若是原来的时候，能够是这个样子吗？没了王法了！

医生看过病之后，又开出了方子，立即就有十几个人自告奋勇地要出去买药。当然，不多时，药就买来了，也当即就煎好了，送上来，让小爷服下肚里，没过个钟头，小爷的嘴角一动，他先声笑了。这时医生对我的老祖父和老祖母说："孩子算是得救了，你们只要把这几服药按时给他服下，三天之后，保证他能吃些东西的，只是你们万不能给他什么东西吃，一定要饿他三日，直到他饿得一点力气也没有了，你们再给他一碗老米粥喝，千万记住，一个月之内，不能给他肉吃。"明白吗？我父亲大人得的病，就是由吃肉太多引起的。

嘱咐过这些话之后，医生还要回家，他怕家里人不放心，一定要立即回河西去。老吴叔请医生来的时候，早就说好了的，看过病人之后，当即就送医生回家，二话不说，老吴叔背起医生就走。这时有人说了一句话："别背了，车子备在门外了。"可是车子也只能把医生拉到河边，过河还是要老吴叔把医生背过去。

就这样，一辆胶皮车拉着医生，老吴叔跟在车子后面，他们就这样走了，老祖父还给了医生一笔钱重谢，还再三地说了感谢的话，这才送医生出了家门。

眼看着孩子的病情好转，一家人都开心得忘了送医生回家的事，只到了晚上，老祖父才想起问一句："老吴头回来了没有？"这时，大家才想起，老吴叔一行人已经离家有一整天时间了。

赶紧派出人去找！老祖父才要派人，这时，门外一个人慌慌张张地跑了进来，大家一看，原来是刚才拉车的人夫。这个拉车的人夫神色万般恍惚、上言不接下语地对老祖父说："老爷，大事不好了，老吴叔让大水给卷走了！"

"怎么？你说什么？"老祖父一听，当即就慌了，他赶忙向回来的人问着。

一五一十，拉车的人向老祖父述说了老吴叔遇难的经过：

胶皮车把医生送到河边，老吴叔把医生背在背上，又在他自己的腰间拴牢了两个大铁球，这才双手抓牢大桥的扶手，一步一步地向对岸走过去，拉车的人说，他眼见着老吴叔走过桥去的，他还看见老吴叔走上了对面的河岸，把医生背在背上，快步地向远处走去了，那就是他送医生回家了。过了好长时间，拉车的说："我想等老吴叔回来，就把他拉回来吧，这一趟他也够累的了。只是，等呀等呀，终于看见老吴叔的影子了，也见他扶着大桥的栏杆下了大河，”只是，好大的一个浪头呀，哗地一下，就把大桥拦腰冲断了，只见天塌一样，一座大桥就从中间分成了两半，那拉车的人还说，他眼睁睁地看见老吴叔一双胳膊向上摇了两下，然后就不见了，老吴叔被大水给卷走了。

…… ……

我父亲的病好了，老吴叔却死了，老吴叔以自己的一条命，换下了我父亲的一条命，自然也换下了后来我的一条更小的命，你说说，我们一家人该如何感谢老吴叔吧。当然，我们要给老吴叔家一笔钱，一笔数目很可观的钱，幸好老吴叔的尸身在挂甲寺认出来了，因为天津的挂甲寺有一个大漩涡，无论在哪里淹死的人，都要在挂甲寺漂上来，如此才不至于让尸体入海。这样总算把老吴叔安葬了，我们也算对老吴叔的后人吴三代有个交代。

本来，到了吴三代这代，他是完全可以不到我们家来做仆人了，老祖父给他在乡下买了 40 亩地，让老吴叔的后辈有了保证。当然，就为了这 40 亩地，后来吴家的后辈人当上了地主，几辈人挨改造，很是脱胎换骨了好几十年，其实这个吴姓地主，是我们家给造就的，也算是为革命做了一点贡献，为农村提供了一个反面教员。因为我是我们家为城市人提供的反面教员，不是得城乡兼顾吗？所以也就要早早地给农村预备一个。

不过，据吴三代说，在乡下做地主，绝不比在城市里给我们家做仆人舒服，当地主，也要早早的背着个粪筐出去拾粪，也要下地干活，也是舍不得吃舍不得喝，根本就不能拿鞭子打农民，也不能强奸妇女。乡下的地主，如果说他们和农民有什么区别的话，那也就是每逢过年，地主有一件棉长衫穿在身上，而贫苦农民，则还是小棉袄，别的，也就全都一样了。后来说的那个把喜儿逼成白毛女的地主分子黄世仁，那不光是地主，那是恶霸，是土匪，有皇上的年头，那种人也是要杀头的，只是国民党太腐败罢了，才没人管这类的坏蛋，他可是给地主人家的脸上抹了黑了。

吴三代把他的40亩地租出去，自己到我们家来过半个主子的生活，他是有功之臣的后人，自然要享受特殊待遇，当然他是不会做重活的，也就在院里各处关照关照罢了，前面说了，他和我们吃一样的饭菜，住一样的房，不过那时候在房子上似乎不分等级，不像现在，什么级住什么房，还有什么不同的设施，正级的有洗澡间，副级的有坐式马桶，处级以下的全是蹲坑。那时候人们的觉悟太低，房子呗，给三代一间，就这样吴三代一个人就住了好大的一间房。而且还有更多的特权哩，别人称我父亲是大老爷，吴三代见了我父亲叫大先生，别的仆人称我们是小少爷，吴三代就可以直呼我们的名字，别的仆人见我们太淘气了，只能婉转地向我们的母亲告状，只有吴三代，他可以把我们好一顿教训，事后也不用向主子禀报。你说他这不明明就是我们家的一个成员了吗？

吴三代是和我父亲同一年成的家，而我的母亲又是和吴三代的女人同一年生的头一个孩子，我母亲生了一个男孩，吴三代的女人生了一个女孩，我哥哥的名字是老祖父给起的，一查家谱，这一辈排在了一个“红”字上，长门长孙，就起了个名字叫红松。吴三代的女人生下了一个女孩，也要我老祖父给起名字，这已经就是吴三代的特殊地位了，否则一个做奴才的，你家生的孩子为什么要劳烦主家给起名字？就叫小臭儿是了。只是，他不是吴三代吗？老祖父一翻书，说就叫春红吧，这样吴三代的女儿就有了一个文雅的名字。

小春红 10 岁那年，我的老祖父有一天把吴三代找了来，让他坐在书房的椅子上，让佣人给他上了一杯茶，然后这才对吴三代说道：“三代呀，你已经是 50 岁的人了，家里的事你也不能只交给一个女人去管，总在我这里住着，我也是怕对不住你一家老小，无论什么要求，你只管说，我看，你还是回乡下享几天福去吧。”这样，我的老祖父自然又给了吴三代一笔钱，也算是我们对他们吴姓人家的一点报答。

吴三代哩，自然也是想回家过几天好日子去了，只是，他提了一个条件，他对我老祖父说："老主子该还记得，我家的小春红已经是10岁的孩子了，我想，总让孩子一直住在乡下，也是不得长见识，若是大奶奶不嫌弃，我想把她送到府上来，也让她出息出息。"是呀，乡下人么，他总是不愿意让女儿白吃他家的饭，说是送到我们家来长见识，其实也就是省下一个人的粮食，让我们替他养着女儿。

这还有什么不好办的呢？不就是多一个人吃饭吗？再说我母亲在生了两个儿子之后，正盼着能有一个女儿做贴心人呢，领来吧，就这样，春红就进了我们的家门。

2

母亲把春红接到我们家之后，第一件事，就是送她进学校读书。只是这年春红已经是10岁的孩子了，按道理说，那是要上三年级了，可是她一个字不识，就只能从一年级开始上学。而那一年我6岁，却已经是二年级的学生了，这样她就和我在一个学校里，她是一年级，我是二年级，上学放学我们两个人一起走，那才真是让人难堪之极。反正我是想尽一切办法不和春红一起走的，出门的时候一前一后，走出家门不远，我就放开鸭子跑了，春红呢，她初到城市不敢在马路上跑，过马路的时候还要东张西望，这时，甩开春红，我早就跑得没有影儿了。

春红在学校里读到三年级，她就不去了，这可不是母亲不供她读书，是她自己说什么也不肯去学校了，她说她脑袋疼，从上一年级开始，她就没考过60分，人家教师都感到奇怪，一年级的教师就向我问："你们家出来的孩子，怎么还有不及格的呢?"这时，我就向教师解释："春红不是我们家的孩子，她是我们家一个仆人的孩子，其实她人是极聪明的，除了读书不行之外，她可聪明了。"真是这样，同是一道算术题，譬如：16×5=？写在纸上，春红不会做，可是让她心算，一眨眼，她就算出来了。你问她是怎么回事？她说1斤是16两，5分钱1两，16两，你就是买了1斤，那还算不出来吗？算不出来那就要挨骗的。至于认字，春红简直就不行了，一直到三年级，春红连五百个字还没认下来，你就说她有多笨吧。就是这么笨，人家还闹头疼，一念书就双手抱着脑袋，一副活受罪的样子。最后母亲说，算了吧，你就别去学校了。这一下，春红解放了，高兴得她活赛是当上了大班长，眉开眼笑的，乐得拢不上嘴。

春红不上学了，就在母亲的房里做些零活，母亲是不把她当佣人使的，因为母亲房里有一个佣人，我们都叫她小刘妈，小刘妈是母亲嫁到我们家来的时候，从外婆家带过来的陪房佣人，和母亲亲得就似一个人似的，在母亲房里当着半个家。这样的佣人，那是终生终世都不可能离开我们的。只是呢，家丑不可外扬，就在春红到我们家的第三年，小刘妈有一天对我母亲说：“少奶奶，我还是走吧。”母亲一听，几乎不敢相信自己的耳朵，当即就向小刘妈问道：“他刘妈，你说什么?”谁料母亲这一问，小刘妈反而抽抽噎噎地哭了。母亲还以为是什么佣人欺侮小刘妈，于是便对她说道：“有什么委屈你的地方，你只管对我说。”可是小刘妈就是什么话也不说，光是一个劲地掉眼泪儿，哭了好一阵时间，小刘妈才对母亲说：“少奶奶，这些年你对我的好处，我是一辈子也报答不了的，若不是实在待不下去了，那是十头牛也休想把我从你身边拉走的。只是，我怕日后对不住少奶奶……”说着，小刘妈又哭了起来。

母亲什么话也不再问了，只是给了小刘妈一笔钱，放她回家去了，小刘妈临走的时候，还再三地查看了我们兄弟两个四季的衣服，还再三地嘱咐母亲好多的话，从夏天的扇子到冬天的炉火，小刘妈都做了安排，最后才又流着眼泪，从我们家走了。为了辞退小刘妈，我的老爸很是发了一阵火，一连好几天他不出屋，只一个人在屋里生气。母亲也不理他，由他爱怎样就怎样，佣人过来问母亲：“大先生这几天不想吃饭，该给大先生做点什么呢?”这时母亲就向佣人说：“给他端一盘鱼刺去，他不爱吃腥吗?”佣人自然不敢给我的老爸端鱼刺的，他们只给他烧鲤鱼吃，一连吃了二十多天鲤鱼，我的老爸不想吃腥了，这时他就一个人出去了，也不知在哪里住了半个月，后来到我的老爸回家之后，我的母亲至少有一个月没和他说话。

小刘妈走了之后，母亲再也没有找到个可意的佣人，年老的吧，母亲思想维新，不爱听老人的唠叨；找个年轻的吧，自己房里又有一个那么没出息的人，真是让人不放心；无可奈何，有的事就只好让春红去做了。

这一下，春红可是来了精神儿，反正春红这人在这方面就是一把好手，什么事只要是交给她去做，不用你再费唇舌，一定能做得让你万分的满意。久而久之，有许多该做的事，不用母亲说话，春红就替母亲想到了，她可真是成了母亲的好帮手。就说给各房里做衣服的事吧，现在外面时兴什么衣服？哪个姑姑说要做什么样子的衣服？春红一桩一桩都想得周周到到，不等姑姑们说话，不到时候，新衣服就做好了，这时春红就把新衣服给姑姑们送到房去："我们奶奶给姑姑做的衣服，也不知姑姑喜欢不喜欢？"姑姑一看，正中下怀，"哎呀，我们大嫂几时变得这样精明了。"姑姑当然非常高兴，你说这小春红是个何等精明的人儿吧。

春红这样能干，母亲当然是求之不得的了，从此母亲就更是不问朝政，只一心做她爱做的事了。这样小春红就一天比一天更能干，母亲也就一天比一天更糊涂，渐渐地，在我们房里就发生了一次彻底的政变，大权旁落，春红成了当家人了。

母亲出身于名门，自幼只知琴棋书画，诗词歌赋，根本就不知世间的艰难。母亲有三大喜好，一好读书，二好画荷花，第三就是喜好给我们弟兄讲唐诗。说起母亲的给我们弟兄讲唐诗，那才真是一种享受，母亲讲起唐诗来，她自己先就陶醉了："世间居然有这样美丽的景色，又有这般清逸的文字，真是人间的一大幸事呀！"讲着讲着，母亲就把我们小弟兄忘了，她简直就是自我欣赏地只顾自己说着："古人为诗，贵在意在言外，使人思而得之，'国破山河在'，明无余物矣；'城春草木深'，明无人迹矣；花鸟平时可娱之物，见之而泣，闻之而悲，则时之可知矣。"听这样的人讲唐诗，你说是不是一种享受？每天晚上母亲给我们讲过唐诗之后，她就要一个人坐在灯下读书了，母亲的优点，是对我们弟兄极度相信，她以为在她读书的时候，我们也一定是在读书，所以这时她是从来不过来查看我们的。当然我们也不会辜负母亲的信赖，我们确实也是在房里读书，只是我们没有读经文，我们在看《三侠剑》，那才是过瘾，哥哥说别告诉母亲，我说要想不让我告发，你就得明天再找一本更有趣的书来，果然第二天哥哥就又带回来一本书：《鹰爪王》，嘿，我一夜就看了大半本，第二天上学差点迟到。

母亲越是给我们讲唐诗，越是自己读书、画荷花，她也就越是不问家里的事，不问家里的事，她就更不会问外边的事。

据母亲后来跟我说，有一个月，账房居然报上账来，说是这一个月全家上下用了三包大米。母亲当然不会查问的，只是小春红找到母亲，对母亲说：“奶奶，你知道这三包大米是多少斤吗?”母亲当然说不清，这时小春红就对母亲说，这一家老少上上下下若是能一个月吃下三包大米，一个人一天就是要吃二十斤米了。母亲一听就笑了：“天爷，莫说是一天吃二十斤米，就是让我一天吃二两米，我都是吃不下的。”好了，小春红说奶奶你就不要管了。第二天小春红就去了大账房，小春红见了管事的人，大大方方地就对先生说：“我们奶奶想问一声，现在外边的米价是多少?”这一问，先生当然就明白了，这哪里是大奶奶问米价呀？这明明是你小春红找碴儿。当即，先生就回答小春红说：“禀复大奶奶的示问，大奶奶当然知道，咱们府上吃的是暹罗国进贡的红米，这种米外面是没有价钱的。”这一说，小春红没话了，以她的知识，她只知稻米、粳米的价钱，她怎么会知道暹罗国进贡的红米是什么价钱呢?当然，小春红这一问，也是给账房一个警告，第二个月，买米的开销，就没有这么大了。

小春红长到 18 岁，她已经是我们家里的实权人物了，只要小春红对下面的人说一句：“我们奶奶说，让你到上房里去一趟。”立即，这个人就要吓得出一身冷汗，因为他知道“我们奶奶”是不问家里的事的，“我们奶奶”既然有话问你，那一定是你做了什么错事，这时你被轰出府门的时候也就不远了。所以，在我们这个大宅院里，小春红成了大管家，小春红说什么，“我们奶奶”信什么；“我们奶奶”想做什么，小春红就一定能为她做到。于是，久而久之，小春红就成了“我们奶奶”的马前卒，也成了“我们奶奶”的传令兵，还成了“我们奶奶”的军师——诸葛亮。

…… ……

就在这一年，我们老祖父大人仙逝，他老人家乘鹤而去了。老祖父大人仙逝，自然要大办丧事，按照不成文的习俗，像我们这样的人家，老大人仙逝，那是至少要停灵七期，以让儿女好尽孝心的。这里的所谓“期”，也就是七天的时间，停灵七期，就是去世的老人要在家里设灵堂，停放七期 49 天，然后才能下葬。而在民家，老人去世最多就只能停灵三期，无论你家里多么有钱，为老人办丧事，超过三期，官家就要来人过问了：“你们是什么人家，居然停灵过了三期？知道什么人物才可以停灵三期以上吗？我们警察局局长的老爹去世才停灵五期，你们这是要造反呀怎么的?”这一问，就谁也不敢张狂了，放满三期，早早地入土为安吧。可是，我的老祖父去世，却可以享受停灵七期的待遇，在这七期 49 天之内，每天上、下午要各有一堂经，晚上还要有各种的祭奠仪式，那是要整整 49 天都要有内容的，还不能单调，还不能小气，天津、北京、河北各地的佛道二家那是全请到了，还有人送了一堂喇嘛经。佛家念经、道家念经，我们是早就不感到新鲜了，只有这一台喇嘛经倒真是有趣，经台上念经的喇嘛们穿着黄袍，还把一只胳膊露在外面，最有趣的是，就在这一台喇嘛经的经台两旁，一边有一只大喇叭，喇叭很长，吹喇叭的老喇嘛坐在经台上，两个小喇嘛抬着喇叭筒，喇叭口越过跪在前面的人，正好伸到我们小弟兄的头上，那声音可是真响，等到这一台喇嘛经念完，我们几个小弟兄至少有三四天谁也听不见谁说的话，大家全变成小聋子了。

当然，无论是佛家、道家还是喇嘛念经的时候，我们一家人都要跪在灵堂下面，一个挨着一个，那是一点差错也不能有的，着重孝的人，一个人有一个博士先生照应，该跪在什么地方，到时候博士先生就搀着你跪下了。我们小哥们没人管，当然我的哥哥因为是长门长孙，自然那是有地方的，而我就按一般分子对待了，由自己记着地方。好在我们家的院子铺着方砖，我们几个小哥就各人记着自己的方砖。我呢？我就在自己的方砖上写上我的名字："小二"，我弟弟就在他的位置上写上他的名字："小三"，这样小四、小五，直到小十八，怎么这么多的小字辈？不是大家庭吗，光是本家的叔叔就是六位。堂叔伯呢？都加在一起，到了孙子辈，有这么几十个，不算是多了。据说天津一家大户人家办丧事的时候，孙子辈的人，居然有 120 多个，你就说说他们家是多大的势派吧？

为去世的人办丧事，对于孩子们说来，那固然是十分有趣的，可是对于成人们说来，那可就不是一件轻松的事了，而在这些不轻松的人们之中，我们的母亲是最不轻松的一个。

按照我们家不成文的传统，一个家庭的老当家人一去世，下一辈人就要分家，我们不像农村人那样，老人去世之后，土地由长子继承，其他的弟弟还是和大哥在一起，大哥代替原来老爹的地位，一个人说了算。我们家从祖辈上就留下了这么一个传统，老人一去世，一面办丧事，一面也就把家分了，然后各门各户自立门户，一户侯姓人家，变成了好几户侯姓人家，也算是壮大了势力。所以，从老祖父一咽气，我母亲就对我父亲说，让他准备和叔叔们分家，可是我的父亲大人从来不问家事，按他的想法，索性分家的时候由着几个弟弟先分，分剩下的，也就是没人要的，再归自己。母亲呢？毕竟是一个妇道，而办丧期间，我父亲因为是长子，那是不能与任何人单独接触的，实际上这位长子就和受隔离审查一样，他完全失去了自由。我想老户人家留下的礼法，也是有它一定理由的，把长子隔离起来，也是不能让他一个人独吞祖辈的财产。父亲不能出来和弟弟们分家，这样，分家的时候，我们这一房，就要由母亲出面，而我们的母亲又是不食人间烟火，对于财产上的事，一点情形也不了解，这一下，几个叔叔就勾结在一起，他们要出坏主意了。

正是在母亲为分家的事犯愁的时候，春红又对母亲说：“姑奶奶来了，我怕别人照顾不好姑奶奶，惹姑奶奶生气，所以我想奶奶这边的事，让他们照应着些是了，我呢，就照应姑奶奶去好了。”母亲当然不好阻拦，姑奶奶，就是我们的姑母，是我父亲的姐姐，也就是我们家的大姑奶奶，那是祖父祖母在世时当半个家的人物，几个叔叔最怕她，她虽然已经早就不是我们侯家的人了，可是她仍然有权利在侯家发号施令，那是谁也不敢违抗的。为老祖父办丧事，最难侍候的也就是我们的姑奶奶了，她说如何办这场丧事，你就不能有一点差错，有一点她不满意的地方，她就能让棺材在家里停上十年。姑奶奶么，就是这时候才有威风。

春红是在姑奶奶一下车就跟在姑奶奶身边去了的，从这时开始，姑奶奶的吃喝住穿，一切就全由春红包下来了。大门外一传进来“小吹”的声音，那就是说又有人吊唁来了，所有孝子全要出来陪祭，这时，春红就给姑奶奶早备好了斗篷，又要穿得暖和，又不能遮住孝衣，那可是要有一番心计。而且，什么人来了，姑奶奶要出来陪祭，什么人来了，姑奶奶只要做个表示，再什么人来了，姑奶奶根本就不必露面，一切一切春红都给姑奶奶安排得万无一失，一场丧事，姑奶奶既没有失板眼，又没有太吃苦，这实在是春红的一大功劳。

把姑奶奶服侍好了有什么好处？因为服侍不好姑奶奶，她就要让你歪嘴，有的人家，姑奶奶闹丧，只是死去的老人入殓，就能让孝子倾家荡产。我们的一门远亲，老人去世的时候把姑奶奶惹恼了，入殓的时候，姑奶奶立在材头，只是老人嘴里的那颗珠了，就总是不称心。最后孝子给姑奶奶跪下，请姑奶奶说个话，到底是要什么珠子？姑奶奶说了，要一颗避水珠。天爷，避水珠只有皇宫里有，你让一家平民百姓去哪里找？闹事么，要的就是一个水平。

我们家的姑奶奶就好说话，再加上春红的一番精心照料，老祖父成殓的时候，姑奶奶只是不停地点头，一再称赞母亲的一番安排，从寿衣到铺的盖的，嘴里的珠子，手里的九连球，陪葬的东西，一切一切都满意，直到成殓的师傅们“叮叮”地钉上材板，众人一起跪下哭成一片，几个等着姑奶奶闹事的叔叔气得直在地上砸拳头。这时，母亲才明白为什么春红要离开母亲，去专心侍候姑奶奶了。“还是我们小春红好，事事都替我想到了。”

而且最最重要的是，有春红在姑奶奶身边，几个叔叔根本就没有办法和姑奶奶接触，春红把姑奶奶给看起来了，后来春红对母亲说，有好几次，叔叔们当中的非凡人物已经到了姑奶奶的房里，而且已经和姑奶奶说到了正事，只是这时，春红一声“守灵”，她走过来把姑奶奶架走了，因为这时候该姑奶奶去守灵了。

把姑奶奶送到灵堂之后，春红就没有事了，因为这时姑奶奶的身边有博士侍候，春红那是不能上灵堂的。春红离开灵堂之后。一闪身就到了母亲的房里，她把房门关好，悄声地对母亲说：“五先生、六先生和九先生一起串通了，三先生没去，四先生说他是和大老爷站一边儿的。”这样，春红把在姑奶奶身边看到的情报，向母亲做了汇报，这样，到分家的时候，母亲对于敌我双方的情况，也就有了一些了解。小春红的情报可是太重要了，她不仅能探听情报，各房里的佣人还要向她主动地报告各种动态，因为在侯家府邸里，所有的佣人都怕春红，春红说要“下”谁，谁就休想再在侯家做事了，所以，所有的佣人都要主动讨春红的好，什么事情不要等春红去问，各房里的佣人要主动地向春红报告，你说说，这一下，我母亲还能不占主动地位吗？

掌握了准确情报，母亲就胸有成竹了。果然，就在停灵到第五期的时候，几个叔叔向母亲发难了。他们把母亲请到一间屋里，让母亲在中间坐下，然后一个个地再对老祖父的去世表示一番悲伤，这时，他们就开始发动进攻了。

“大嫂，我们几个想听听大嫂的打算，我们也不知道父亲大人在外边到底有多少产业？也不知账房里到底有多少钱财？”

母亲呢？当然是说不清的，但她也知道，这时不能让对方看出自己的心中没数，便做出一副胸有成竹的样子，对他们说："再有两期就入土为安了，到时候你们就听我的吧。"说完，母亲就做出要走的样子。起身就往外走。

"大嫂，"这时，叔叔中心计最多的九叔抬手把母亲拦下了，"我们几个有一个打算，大嫂若是没有自己的打算，我们想就按这个办法分好了。大嫂看，房产，一共是十处，这处老宅自然是要由大哥大嫂承继了，其余的几处呢，大嫂也就不必过问了……"明明，这是阴谋，这处老宅院已经是有几十年了，根本就不是一笔产业，倒是老祖父新在租界地买下的房子，还正在好时候，他们说不让母亲管，明明是他们要把好房子分了。

"别的呢？"母亲先不表明态度，只是先向他们问着。

"别的，我们也都问清楚了，不就是咱们弟兄六个吗？平分六份就是了，先由大嫂挑，大嫂挑剩下的，我们几个再分。"听着，也实在是蛮有理。

母亲当然不会当场就同意的，于是就想方设法地拖延时间，可是几个叔叔早就定好了主意，他们是一定要在今天把分家的事定下来不可的了。此时，他们见母亲执意不肯答应，一个个就开始要撕面皮，他们说话的声音就一点点地野起来了。

正在母亲被几个叔叔包围起来，四面楚歌的时候，突然房门从外面推开，几个叔叔一抬头，只见姑奶奶进来了。这可真是怪了，他们向母亲突然发难的事，姑奶奶何以就会知道了呢？一下子，几个叔叔慌了手脚，他们已是不知所措了。

“你们这是要闹丧呀!”姑奶奶没等坐下，就向几个叔叔大声地呵斥着说道，“你大哥正在主持丧事，你们就把大嫂围起来，向她发难，说，这是谁出的主意?”一拍桌子，姑奶奶发火了。果然这一手好厉害，立时，几个叔叔就不敢说话了，胆子小的叔叔就想往外溜，姑奶奶当然不放他们走，她就立在门口，放声地向他们几个训斥，“反了你们了，老爹辛辛苦苦一辈子挣下的家业，真就能这样让你们几个分了吗？就是分家，你们也得给我把话说清楚，这些产业分开之后，谁也不许变卖，都得给我说出个道道来，我才答应你们分家。而且，如今维新了，新法律规定，分家时不能平分，长子分家产的一半，余下的无论是几个弟弟，再分那一半，你们休想趁着大嫂不知道外边的情形，就早早地把生米做成熟饭，从我这儿就不应该。”

“啊?!”几个叔叔全慌了，他们没想到姑奶奶会知道外边的新法律，一下子打乱了他们的如意算盘。“姑奶奶，那可不行，我们五个才分一半……”

“你们是逼我请律师怎么的?”姑奶奶向着几个叔叔一问，他们几个再没有人敢说话了。

我的天，好厉害的姑奶奶，这个家就按她的办法分开了，我们这一房当然继承了一半的产业，从现钞、房子到字号，都没吃亏。如此，我们才有了好多年的好日月。

只是，在办完丧事，姑奶奶临走的时候，她才对我母亲说了几句知心话：

“这春红可不是个一般的孩子，好厉害呀！这许多日子，她把几个弟弟和我隔开，让他们谁也和我说不上话，到了那一天，我正在屋里歇盹呢，忽然春红把我摇醒，我当是又来了吊孝的人，谁知是春红告诉我说，后边几个孽障把你围起来，正闹着分家呢。我说这怎么可以，大奶奶又不是个精明人，那还不要吃亏呀？这样，我就忙着往后面跑，就在春红送我进后院的路上，她对我说，现如今分家可不同以前了，她找过一个律师，人家说，分家时长门长子独得一半的祖产。我还怕她是乱说，到了后边，我也是壮着胆子就这么说了，没想到还真把几个孽障给镇服住了，原来他们早就知道长门长子继承一半的事，你说说，这不是唬他们吗？”说罢，姑奶奶笑了。只是，最后姑奶奶又对我母亲说，“春红精明，自然是你的好帮手，可是你可不能不提防着她呀！”

母亲当然不在意，当时，她就对姑奶奶说：“她再能也是一个丫头，过不了几年，也该给她找个主儿嫁出去了，反正我对得起她，到时候好好陪嫁她也就是了。”到底母亲是个名门闺秀，她是不可能想到世间会有那些不可见人的污浊事的，而这种污浊事，又让她只能俯首忍让，直到最后，让她完全受制于人、彻底失去自卫能力而不得自救了。

3

祖父大人仙逝，弟兄们分家之后，我们家发生了巨大的变化，我们当然仍是住在老宅院里，分到我们这支名下的财产到底有多少？我们不得而知，只是知道一家什么皮货庄是由我们独有了。其实我们家的经商，那是根本就不用我们管的，也就是当初开业的资本由我们出，只要一找到合适的人，我们就再也不过问了，字号里只是每年向我们交上来多少盈利也就是了，一切商业上的事情完全无须我们参与。这种经营方式，对大户人家说来，自然是最为轻松的，颇类似后来的承包制。我们只是一个老东家而已。

分家之后，几个成家的叔叔自然就和我们分开了，虽然分家的时候也是闹得面红耳赤，可是到了分手的时候，又一个个泪眼汪汪地难舍难离，那真是又是表态，又是发誓，一再地说什么虽然家是分了，可是心却永远不会分开，天下无二侯，有了什么事情，只要大哥大嫂一声令下，众弟兄赴汤蹈火，在所不辞。于是一家人又一起吃了一桌酒席，最后又吃了分家的面条，表示长长久久的意思，然后就作鸟兽散了。我们呢，自然也就清静多了，只有九叔和我们在一起，因为九叔没有成家，如今正在大学读书，老嫂如母，母亲也是把他和我们一般看待的。

几乎用了整整一年的时间，我们家才于分家之后，理出了一些头绪，在春红的一手策划下，我们家进行了一系列的改革，首先，把大账房撤销了，祖父在世时一切虚张声势的东西全都免掉了，就连什么大厨房、小厨房也全都合在一起了，至于佣人，那更是少了许多，除了母亲房里的春红之外，也就是留下了有限的几个佣人，也不分什么内宅外宅了，一个男佣人，什么累活全是他一个人干，还有一位“妈妈”就把一切细活全包下来了，也算是精简机构吧，我们家已经变成小户人家了。

就这样经过春红一年多时间的整理，我们家果然有了许多起色，开支自然就节俭多了，母亲为此对春红更是感激不尽，拿她也就更当作是亲生女儿一般看待了。也就是在这时候，有一天春红对母亲说：“奶奶，家里的事也就算有些眉目了，奶奶也该再找个亲近的人，我也想慢慢地就该退身了。”母亲当然明白春红的意思，她是说她已经到了成婚的年龄了，她想离开我们家，找个合适的人家嫁出去。

“春红，娘不会亏待你的。”母亲把春红当成亲生的女儿，母亲自然也就知道该如何安排春红的亲事。按照一般的情形，像春红这样的贴身使女，她的婚事就要由主家为她操办，就是连婆家也要由主家为她找好的，因为这样的使女都是从小就被领进家门的，她们多年来已经和她们的家庭几乎失去了来往，家里已经不过问她们的事了，所以主家就必须把她们像亲生女儿一样地嫁出去。其实哩，也就是向主家要一笔嫁妆。

我们家呢？力主维新，所以对于春红的婚事，母亲早就说过，婆家由春红自己拿主意，陪嫁由母亲一手全包下来。春红自己也同意母亲的安排，因为春红的父亲吴三代又不同于一般的仆人，他对他的女儿是永远有父权的，女儿的终身大事，还要吴三代拿主意。可是，让春红永远在我们家住着，也是不好找人家呀，母亲就说，到了时候先让春红回到乡下去，几时在乡下说好了婆家，再告诉我们，母亲再为她办婚事。这可是真够自由的了。

眼看着春红该到离开母亲的时候了，母亲自然是舍不得。而且，春红走了之后，也还要再找一个人到母亲房里来做事，这时，母亲就想起了原来她的陪房丫头，我们叫作小刘妈的那个人。于是便派人去找到她，小刘妈表示说只要是太太的一句话，她自然还是愿意回来的，何况这些年她在乡下早就变成一个乡下女人了，早年的那点风韵该也是不见了，太太身边的“那个人”自然也就不会再打她的主意了。这样，经过一番来往，最后定下来，春红再在家里待上半年，只等小刘妈一来，母亲就让她回家，总算对她有了一个交代。

也没有用半年的时间，小刘妈把她的家做好了种种的安排，后来就到我们家来了。小刘妈重新出现在我们家的时候，我都几乎认不出来了，我只见母亲房里来了一个穿黑布衣裤的老太婆和母亲说话，待到我进到母亲房里的时候，这位老太婆还向我笑了笑，然后她一把拉住我的手，向我问道："还认得我吗？"我愣了，一时不知说什么好，最后还是母亲向我提醒说："这不是刘妈妈吗？"这时，我才想起来，天爷，才几年的时间，小刘妈竟然变成刘婆婆了。她虽然和我母亲是同龄人，可是，如今看上去她至少比我母亲要老十岁。

刘妈反正是来了，至于春红什么时候走，那就由她自己定吧，母亲是不会催她回乡下的，这些年的有功之臣么，愿意住多少时间，就由她住多少时间吧，好在已经是什么活也不找她做了，她就和母亲在房里说话。母亲为了报答春红这些年的帮助，可是给春红买了许多东西，穿的用的，保证她回到乡下之后，还和住在城市里一样，生活上不会有一点的不方便。虽说做嫁妆是以后的事，可是这次母亲也给春红买了不少的衣料，还给了春红一笔钱，让她带在身边用。

只是，说来也怪，刘妈没来的时候，春红总是催问刘妈什么时候来，可是到刘妈真的来了，春红又不说走了。最初母亲以为是春红舍不得离开母亲，但是渐渐地又觉得有点不对劲，因为母亲发现，平日爱说爱笑的春红突然变得不说话了，而且眼圈总是红红的，明明是她一个人偷着哭过。

“春红，你若是不愿意离开我，你就只管在这里住下去。当初找刘妈回来，也是你说要回乡下，女大当嫁么，这也是人之常理，如今你已经是20岁的人了，我还能留你几年呢？”一天，母亲把春红找到身边，知心地对春红说着，“不过，你若是想，就在我身边等你父亲给你找人家呢？那就等他几时找到合适的人家，你再离开我……”母亲说着，还唯恐春红多心是母亲催她回家，一句一句说得那样小心，还亲亲热热地拉着春红的手。只是谁料母亲说着说着，就只见春红眼圈渐渐地又红了，不多时，她又抽抽噎噎地哭了起来。

母亲当然也跟着哭了：“孩子，你当是我舍得离开你吧？说良心话，我已经是离不开你的人了，你就是我的耳目，你就是我的主心骨儿，我真想不出来，这个家没了你会是一个什么样子，这一家人的衣食住行又该如何安排？只是，没有办法呀，春红，人不是都要长大吗？”母亲越说越伤心，母亲对于春红的长大，实在是太难过了。

谁料母亲的一番安慰，反把春红说得放声地大哭了起来，她一头倒在母亲的怀里，一抽一抽哭得几乎断了声。这时，母亲开始有点觉得不对劲了，母亲抚着春红的脸，更加亲近地对春红说着：“有什么舍不得的人，你只管对我说吧。”

人之常情，一个人从小在一个地方待得太久了，谁能没有一个舍不得的人呢？母亲估计，这个让春红舍不得的人可能是我，因为我比春红小5岁，从春红一进门，她就拿我当成亲弟弟看待，如今自己长大了，眼看着自己就要离开这个家了，可是你总不能把人家家里的宝贝儿子带走呀，再说，再过几年，人家也要娶媳妇儿呀，跟在你的身边算是怎么一回事呢？没有办法，舍不得，也要舍得。

母亲劝来劝去，春红就是一句话也不说，她只是把头埋在母亲的怀里一声一声地哭着，哭了好长好长的时间，也不知是怎么一回事，突然春红一回身，“哇”地一下，她竟吐了起来，而且这一吐竟不可收拾，一迭连声地，她吐了遍地。

正在外面干活的刘妈听见房里有人呕吐，立时就走了进来，刘妈刚要问是发生了什么事，没想到母亲的一声呵斥，竟把刘妈吓得退了出去。

母亲最初见春红呕吐，还以为是她哭得时间太长，但当母亲发现情形不对的时候，正赶上刘妈要进屋，立时，母亲就是一声呵斥：“出去！”立时，就把刘妈拦在了门外。随之，母亲就把房门紧紧地关上了。

直到晚上，当母亲重新推开房门，让刘妈把春红搀走之后，我再进到母亲的房里，这时，母亲几乎已经变成了一个呆子，她一声不吭地只是坐在椅子上，一双眼睛直直地望着墙，脸色变得那样苍白，简直就像是刚刚得了一场重病。

“娘！娘！”这一下可是把我吓坏了，我以为母亲必是被什么突然发生的事气坏了，我听人说过，一个人是可以被突然发生的事气死的。于是，我忙着摇晃母亲的身子，可是她还是一动也不动地坐着，就像是完全失去了知觉一样。

过了一些时间，刘妈回到了母亲的房里，刘妈见我吓成了这个样子，便忙着过来安抚我，她把我搂在怀里，不停地抚着我的头发说：“小弟弟不害怕，母亲过一会儿就会好的，小弟弟先去吃饭，让刘妈在这儿跟母亲说说话。”刘妈很是费了一番说教，才把我从母亲身边哄走，我才离开母亲，就听背后传来母亲的哭声：“天啊，这不是作孽吗?”吃过饭后，待我再回到母亲的房里，又只见母亲已经倒在刘妈的怀里，放声地大哭了起来。

…… ……

…… ……

春红没有走，母亲让刘妈给她收拾了一间房子，从此她就住了进去，有时候我想找春红说点什么事，刘妈就把我拦在门外，不让我进屋去见春红。母亲呢，自从那次和春红说过话之后，她再也不见春红了，她连后院都不去了，因为春红的房子就在后院里，而且母亲再也不去前厅吃饭，一日三餐总是刘妈把饭菜给母亲送到房里，前厅里只有我们和父亲在一起吃饭。父亲吃饭时也不说话，只是低着头给什么吃什么，平日他总是说这不是味道，那不是味道的，突然他变得给什么就老老实实地吃什么了，明明是犯了什么错误。我发现父亲的变化之后，觉得十分有趣，吃饭的时候我就故意地和父亲开个小玩笑，有时故意向他做个小鬼脸，父亲也装作没有看见，他是一点威信也没有了。

我是到了最后才发现有问题的。突然一天夜里，我被一片忙乱声吵醒，这时我就听见院里有人在走动，是刘妈的声音，她一再地说什么“见动静了，见动静了”，然后又听见有人说“接生婆来了，接生婆来了。”一听说是接生婆来了，我就知道这和我已经是没有太多的关系了，于是我也就又睡觉了。

第二天早晨，当我醒来时，我就听见从后院里传出来了小孩的哭声，我当然知道这是有人生小孩了。谁生的呢？我们家只有三个女人，刘妈正在照顾我们去学校，母亲说是正在生气，刘妈说母亲直闹心疼，已经派人请医生去了。还有一个有可能生小孩的人，那就是春红，可是她还没有出嫁呀，按照一般的情况，没出嫁的女人，一般是不生小孩的。

许多日子之后，当春红从后院走出来的时候，她已经完全变成一个大人了，见到了我，她远远地就避开，就像是不认识我似的。其实我也是没闹明白究竟是发生了什么事，但我从情感上已经和春红拉开了距离，我觉得她不再是我的朋友了，到底是什么原因？我不知道，反正我是再不能和她一起玩了。

而且，我于观察春红的时候，却意外地发现，春红再不到母亲的房里去了，母亲房里有了刘妈，一切的零活就全由刘妈做了，春红也想做点什么，但她不敢进母亲的房门，就只能做些粗活，扫扫院子呀，洗洗衣服呀什么的，房里的活，母亲也不叫她了。这时，我以为春红是应该回乡下去了，可是，从此再没有人提春红回乡下的事，似是她要在我们家永远住下去了。这其间，吴三代倒是来过，那一天我正在家，只说是吴三代来了，这时就只见刘妈匆匆地迎了出去，没等吴三代走进内院来，就把吴三代拦在了影壁外面，也不知刘妈和吴三代说了一些什么话，等我得到消息，跑出影壁要找吴三代说话的时候，我就看见吴三代立在二门外狠狠地抽打自己的嘴巴，还不停声地骂着："孽障，孽障呀！"骂过，吴三代就走了，无论我在后面如何喊他，他都装作没听见，只匆匆地跑走了。从此，吴三代再没有到我们家来过。

春红呢？自然就住下了，一天一句话也不说，活活变成了一根木头，有时候，我也想把事情的原委搞清楚，于是我就想法地去接近春红，可是每到春红发现我在故意要和她说话的时候，她便立即匆匆地跑开。所以，很长时间，我也没把事情调查清楚，就这么糊里糊涂地过了许多年。

…… ……

…… ……

知耻近乎勇，我的老爸可是从此就勇起来了，他经过一段时间的自我反省之后，对于自己这几年的所作所为，找到了一个原因，据他后来对我母亲说，他所以对自己缺少自律能力，这完全是他的生活过于封闭，这些年他和外界几乎断了往来，一个男人在家里与世隔绝的时间太久了，他自然就失去了对自己的严格要求，于是这时候就容易做出荒唐事来。为此，他决定出去做点事情，倒不是为了挣钱，主要是为了和外界沟通一下来往，把自己送回到大世界中去。这样，很有可能他就要变成一个新人了，而这个变成新人的我的老爸，说不定还能对国家做出点什么有贡献的事情来。

母亲对于我老爸改过自新的决心，根本就不予理睬，无论我老爸对她说什么，她都是连一声也不吭地呆坐着，好在我老爸也不管她到底是听见没听见，过了一些日子，他正式地对母亲说，他要到塘沽去了。

塘沽离天津 50 里，是一个大港口，如今各国的船只都在塘沽靠岸，塘沽早就成了一个经济繁荣的小城市了。正好日本国的一家大阪公司要在塘沽设立一个分公司，他们要找一位中国人做公司的全权代表，而这个全权代表又必须会说日本话，还要精通英语，又要上过大学，还对国际贸易有一些了解。找来找去，一直没有找到合适的人，恰这时，他们也不怎么就知道天津有一位侯先生可以出任此职，于是就派下人来把我老爸请出去了。当然，在大阪公司任职，那是要住在塘沽的，这样也正好给他一个自我再次反省的机会，每天除上班办公之外，就一个人坐在塘沽的公司公寓里好好地进行自我检讨，用不了多少时候，他就能重新做人了。

母亲呢？乐不得他有了一个去处，还是什么话也没说，就由我的老爸走了。我的老爸离家那天的景象实在是太悲惨了，只听说是车子来了，这时就只见我老爸一个人走出了房门，只有一个佣人给他提着一只大皮箱，母亲只当是什么事情也没发生，就坐在她的房里画她的荷花。春红呢？那就更不敢出来了，刘妈也是装作没听见，就由我的老爸一个人没趣地往大门外走。唉，这时，我才明白，一个人若是人缘儿混不好，那可实在是活得太没劲了。这时，倒是我动了恻隐之心，于是便跟在老爸的身后为他送行，走出大门之后，我老爸还回过头来向我笑了笑，我也向他笑了一下，然后他便坐到车上去了。拉车的，立时就要走，我的老爸好像还要待一个什么人，这时我明白了，我立即就小声地对我老爸说着："你是不是想见见春红？"谁料，这时我的老爸居然掉下了两滴眼泪儿来。我一想这可是太可怕了，我的老爸居然还有眼泪儿，也许是他舍不得离开我们吧？这时我忽然想起了一支歌，于是就给我的老爸唱了起来："长亭外，古道边，芳草碧连天；晚风拂柳笛声残，夕阳山外山。天之涯，海之角，知交半零落，一觚浊酒尽余欢，今宵别梦寒。”我的老爸听我一唱，就更伤心了，抽了一下肩膀，他似是还拭了一下眼角，然后就由车夫拉着他走了。

老爸走了之后，母亲又恢复了往日的精神，她又开始有说有笑了，“咱们就好好过吧。”好像是母亲把我的老爸开除出去了。从此，母亲又每天自己画荷花、读书，还给我们弟兄讲唐诗。只是，母亲如今除了给我们讲唐诗之外，还给我们开了一门讲如何做人的课程，也没有正式的教材，就是由母亲说教，一讲起来就没个完，听得我们一点兴趣也没有，母亲还是一个劲地讲呀讲呀，直到讲得她自己涌出了眼泪儿，这时才算讲到了一个段落，我们也才算解放，然后我们就可以回房去读我们的武侠小说去了。

老爸走了大半年时光之后，正赶上九叔放暑假，姑奶奶到我们家来，对母亲说：“你也要派个人去看看他爸爸呀。”母亲说：“有什么好看的，他一去半年不回家，只来信说是公事太忙，我还让人去看他，我也是太没有志气了。”这时姑奶奶就说：“你不让人去看他，我派个人去。”当即，姑奶奶就决定让九叔去塘沽看望我的老爸。九叔放假离不开我，这样他就提出要带我一起去塘沽，我当然乐不得出一趟门呢，第二天我们就坐火车到塘沽去了。

对于这次出门，我是不抱太大希望的，塘沽固然是有的，至于塘沽有没有一个大阪公司，我就没有信心了。因为我听我的老爸在家里和一个来找他的朋友说过，也不知是谁，跟他的老爹要了一笔钱，说是去德国念博士，“他哪里是去德国呀？一头他就住进了皇宫饭店，直到把钱花光了，才让人家撵出来。回到家里之后，他的老爹问他，你的文凭呢？你猜他说什么？他说，本来只差一个月就可以拿下文凭来了，可是万没有想到，就在他快要毕业的时候，一场大火把那个学院给烧光了，若不是他跑得忙，连小命都没有了。他老爹一听儿子在外面遇到了这么一件事，而且还化险为夷，当即就往他脸上吐了一口唾沫，还说他们没发你文凭，我就给你挂个奖章吧，就这样，他老爹给他脸上挂了一口臭痰。哈哈。”说着，我的老爸还笑出了声来。

听过这样的故事，我对老爸的是不是就在塘沽，早就不抱信心，好在他在不在塘沽都不是我的过错，我就是随着九叔出来看看塘沽的，能看看大海，也是不虚此行。也是我老爸本分做人，到了塘沽我们一问这里有没有一个大阪公司，当即就有人把我们领到了一个地方，一看大门外还真有一块大阪公司的铜牌子，进到门里再一问：“这里有没有一位侯先生？”看门的老人立即就站了起来，毕恭毕敬地向我们问着：“二位是经理的什么人？”这一下，我的精神上来了，我马上对看门的人说：“你快告诉侯先生，就说他们家的小二来了。”

对于九叔和我的到来，老爸真是高兴极了，老爸把我们送到了一处地方，给我们开了一个房间，好气派的房间呀，有电扇，有无线电，还有大沙发，大软床，墙上还挂着画，完全和天津租界地里的大公馆一模一样。依我看，这地方已经是很不错了，可是九叔好像是从姑奶奶那里领到了任务，这时他就对我老爸说："我们还是住到你那里去吧。"

"我也是就住在这里的呀。"我老爸极其平静地回答九叔说，"我一个人在大阪公司做事，何必会另有一处地方呢？这里就是大阪公司的公寓，里面住的大多是日本职员，大家处得极好。"说罢，我老爸说他的公事忙，没有再和我们说什么，立即他就走了。

这一走，我们可是再也找不到我的老爸了，一连好几天也不知他去了哪里，我们就在公寓里等他，一直也没有等来。只是在等我老爸的时候，我们对这处公寓里的情形有了一些了解，这所公寓，白天悄无声息，很难看见一个人影，可是一到了晚上，这里就热闹开了，男男女女出出进进，所有的房间里都有人在喝酒，还有女人在唱，一阵一阵的哗笑声，让人听着打冷战，九叔说："咱还是快走吧。"还没容九叔定下走的日期，一天晚上九叔就让一个日本人拉到他房里去了，那个日本人让好几个日本女人跪在九叔的面前向他敬酒，还有一个日本人对九叔说："不会喝酒的人，男子汉的不是。"幸亏九叔的智谋高，说了几句圆滑的话，立即就跑出来了。这若是换了我，非得让日本人给灌醉了不可。

第二天，天一亮，九叔和我就想回天津，可是离开塘沽，总要向我老爸说一声呀！只是，九叔无论如何也是找不到我的老爸了，问谁，谁也说是不知道，那我的老爸到哪里去了呢？总不会失踪吧？最后问到公寓看门的老头儿，这时这位老人才对我们说："侯先生在家里呀？"这时也是怪我多嘴，我当时就对这位老人说道："侯先生的家是在天津呀！"谁料，这一问，老人警觉了，他忙着改口说道："是呀，是呀，先生的家是在天津，塘沽没有侯先生的家。"然后，老人就再也不说话了。

回到天津，九叔把在塘沽的所见向姑奶奶和母亲做了汇报，母亲听后扑哧一下笑了："他算是鱼儿得了水了。"然后就什么话也不说了。倒是姑奶奶皱着眉头似是自言自语地说着："不行，说不定他在塘沽又有了家了。要么让他回来，要么得去一个人看着他。"

让我的老爸回天津来么，母亲说就不必了，既然真有这么一个大阪公司，他又愿意在里面做事，回到家来，也是无事生非，就让他在塘沽住着吧。去一个人管住他，倒也是一个好主意，可是让谁去好呢？

也不知姑奶奶是和母亲如何商量的，一天，姑奶奶和母亲把春红叫到房里来，两个人一起对春红说着："你在这家里也是这么多年了，算什么名分呢？也不好说，如今大先生一个人在塘沽，好好做事呢，也许他就学好了，真若是随波逐流地下去，到了不可救药的地步，连你也没有个吃饭的地方，尽你的本分，你就到塘沽去吧，想进侯家门，你就好好地把大先生看好了，大先生若是学坏了，你也就该自己另找个去处了。”

听姑奶奶和母亲这么一说，春红立即就跪下了，这时她一面哭着一面对姑奶奶和母亲说着：“春红是个有罪的人，姑奶奶和奶奶到底是积善人家出身，这才成全了春红的面子，留在府里还是吃呀穿地没有一点慢待，春红就是下辈子做牛马，也报答不尽奶奶和姑奶奶的恩德呀！奶奶和姑奶奶让春红去塘沽，不是春红不听奶奶和姑奶奶的吩咐，春红实在是不敢从命的，和大老爷在一处，可是让春红如何处呀？”

“行了，行了，你就别跟我演戏了。”母亲听得不耐烦了，“不是说让你去了吗，也没人送你，明日早早地你就去吧。姑奶奶还有什么吩咐吗？我是没有话好说了。我看，你也就下去吧。”

说完，春红还要再说什么，这时刘妈走过来，把春红领出去了。

4

春红乘火车到了塘沽，走出车站之后，叫了一部胶皮车，她就到了大阪公司的单身公寓。这就不对了，她为什么不去大阪公司？而要到大阪公司的单身公寓。而且我的老爸白天又一定是在大阪公司上班。你到大阪公司的单身公寓去找谁？你瞧，这就看出水平来了，若不，怎么就说春红不是一个凡人呢？

胶皮车把春红拉到大阪公司的单身公寓，春红走下车来，大大方方地就往门里走，走到门房外，她一把就推开了房门，冲着里面的一个人就问道："你是看门的什么大爷吧？侯经理让你找一辆车把我送到家里去。"说罢，春红就把我老爸的一张片子交给了那个看门的人。

看门的人一听，这人好大的口气，一句客气话也不说，上来就传圣旨，让他找一辆车把这个人送到经理的家里去，想来这个人必是大有来头。当即看门的人就对春红说："经理的家是在天津呀！"

"让你送我到侯经理家里去，你就别再让我费话，我就是从天津家里来的，去天津的家，侯先生也不会让你给我找车呀。"春红说得理直气壮，明明是她知道侯先生在塘沽还有一个家。

看门的人自然不敢找车把这个人往侯先生在塘沽的家里送，他把春红交到他手里的名片翻过来倒过去地看了半天，确实是侯经理的名片无误，这时，这个看门的人才向春红问道：

“小姐是侯经理的什么人？”

谁料，这时春红突然把名片从看门人的手里夺了过来，立即她转身就往门外走，嘴里还没生好气地说着：“你不管就拉倒，我自己会找车的。”

这一下，看门的人慌了，侯先生交下来的公差，他居然不办，看来你是不想吃这碗饭了，立即，他忙着跑过来，向春红说着：“不瞒小姐，侯先生在塘沽虽说是有一处住处，可是我们是不敢随便把人往那里送的。”

“我知道，上次九爷和小少爷来的时候，就是侯先生自己把他们领去的，不也是你给找的车吗？”

“车子是我找的，可是那是说去车站的呀？”看门的人还是不肯给春红找车，便对春红说着。

“对你自然是说去车站了，能说是到家里去吗？算了，我也没时间和你胡缠了，我们先生也该办完公事了，我还是到公司去找他吧。”说完，春红又要往门外走。这一次，看门的人相信她了，立即他走到门外，叫来一辆车子，又对拉车的人说明了地址，然后就看着春红坐上车子走了。

好一个大胆的春红，她怎么就知道侯先生在塘沽又有一个家呢？你想呀，这还用费心思吗？上次九先生和小少爷来，侯先生只让他们在公寓里住了好几天，而侯先生自己却一直没见面，他能去哪里呢？必是他还有一个住处。而且侯先生那样的人，能一个人住在一个地方吗？所以，春红早在火车上就想好了计策，若是下车之后直接就找到侯先生，说不定侯先生又会把她放到公寓里的，可是让侯先生把她领到他的家里去，侯先生当然也是不肯；所以，只能来一个假传圣旨，于是她就想好了这个主意。公寓看门的人地位最低，告诉他是侯先生交下来的差事，借他点胆量，他也不敢不办，就这样，春红不费什么力气，一下子，就找到了我老爸在塘沽的家。

果然不出春红的意料，当车子把春红拉到一处地方之后，春红只在院里说了一句："侯先生说外地老客的这份礼，就送到家里来吧。"立即，从房里就走出来了一个好不妖艳的女人，她一出来就向春红说道："那你就交给我吧。"

"你是侯先生的什么人？"春红向着这个女人问道。

"那还用问吗？"那个妖艳的女人好生得意地回答着说："在塘沽，我就是侯太太。"

"你真是侯太太？"春红又向这个女人问了一句。

"哟，这还有说假的？不信，你进屋来看看，桌上摆的就是侯先生和我的合影照片。"说着，这个女人就把春红领进到了屋里。

春红走进屋里一看，一下子，她就笑了："没想到，这地方还真够阔气的。"说着，春红又仔细地看了看桌上的大照片，确实无误，果然是我老爸和这个女人的合影照，再看看屋里的家具，也真是够水平，一屁股，春红就坐在了大沙发上。

那个妖艳的女人还等春红把什么礼物交给她呢，谁料，这时春红向着她说话了。

“你真是侯先生在塘沽的太太呀?”

“看了半天，合算你还是不信呀?”那个女人还要再一次证明自己的身份，她才要把照片拿给春红看，不料，“呸”地一声，春红一口唾沫就吐在了那个女人的脸上。随之，春红又扳下一副脸来，向着那个女人便破口大骂了起来。

“不要脸的东西，你也敢说自己是侯太太?向你明说了吧，我就是我们奶奶派下来和你算账的。”说着，春红抓起一只花瓶就向那个女人扔了过去，幸亏那女人对这类场合已是久有经验，一闪身，她就躲开了，否则，真让这只花瓶打着，少说也要砸着大包。

“你……”那女人还要和春红争执，恰这时，我的老爸从外面走进来了，一听见屋里有摔花瓶的声音，我的老爸就知道必是有了情况，没敢多说什么，他只是向春红问道：“你怎么找到这儿来的?”

春红看也不看我的老爸一眼，只是怒气未消地说着：“我们奶奶说了，辞了这儿的差事，无论有几个吧，一块就都领回家算了。”

我的老爸什么话也不说了，当即他就对那个女人说：“你说个条件吧，反正你也看见了，家里来人了，你若是愿意跟我呢，就得一起回天津，你若是觉得回天津的日子不好过呢，说个数，我也就对得起你了。”

没费多少麻烦，那个女人拿了一笔钱，带上她自己原来的东西，乖乖地就走了。“我的小祖宗，你怎么就知道我在这儿又有了家?”

待那个女人走了之后，我的老爸向春红问道。只是春红才不回答我老爸的话，她只是对我的老爸说道：“奶奶说了，让我在这儿侍候老爷，我呢，只是个奴婢，有什么不称心的地方，老爷再对奶奶说，让奶奶再给老爷换个人来。”

“你就别和我演戏了，我算服了你了。”我的老爸再也没有说什么，只是乖乖地坐了下来，随手他把衣服脱下来扔在了地上，然后便对春红说：“这个女人真懒，就是不洗衣服，你瞧，都脏成这个样儿了。”

…… ……

出使塘沽，一炮打响，春红立下了汗马功劳。为此，母亲对她的态度也改变了。春红呢，自然很知分寸，她是不会在塘沽久住的，每隔些日子，她就回来住些时间，和母亲说说塘沽的情形，再做些什么活计，直到母亲说：“春红，你该到那边看看去了。”她才肯走。而且走后不会过太长的时间，我的老爸就必要回来一趟。对于我老爸的回家，母亲可不像对春红那样宽容了，她理也不理我的老爸，就这样木木呆呆地把我老爸“木”走，也不问他下次什么时候回来。

不过，母亲心里有数，一次我听见她对姑妈说：“幸亏是春红，若不，还不知他会荒唐到什么地步呢？有春红在身边，他也有个人照顾了，有些事也就知自爱了。唉！”说过之后，母亲还叹息一声，似是对于我老爸的自爱仍然不甚满意。

正如母亲所言，有春红在身边，我的老爸是已经非常自爱了，他自爱的主要表现，就是他在大阪公司的工作受到了大阪公司董事长的赏识，他们说他们终于在中国找到了一位能力最强的人。为此，大阪公司对我老爸就更是重用。那时候是不知道评先进呀什么的，反正就知道给钱，我老爸在大阪公司一个月的薪水，合当时的市价，是 100 袋面粉，以当今的价钱估算，大约也在 2 万元以上吧，应该是高薪待遇了。有了这么多的收入，我老爸也已经不再胡花钱了，按时春红把钱给我母亲送回家来，母亲连看都不看，就收下了。也就是靠这些钱，我们家才能维持如此庞大的开支。

家里也就是这么几口人了，还谈得上什么庞大开支呢？说起来也是的，家里面也就是九叔读大学，哥哥读高中，我读初中，还有一个刘妈，再有一个车夫，那是用不了多少钱的。而且你们别忘了，我们又是分了家的呀！

分了家，不是日月更轻松了吗？按道理说，确实是应该这样的，可是，诸君应该知道，我的那几位叔叔不是爱花钱吗？没过二年的时间，他们早就把他们各自名下的产业花光了，买卖也“黄”了，钱也没有了，房子也卖掉了，怎么说呢？反正就是穷了。有时候，母亲也是不明白，她常说，分到他们各自名下的钱也为数不少呀，就是坐吃，也够吃上几十年的呀！只是，母亲后来才知道，我的这几个叔叔各人有各人的爱好，而他们的共同爱好，就是爱请客，无论是多少人，也无论是什么花销，一句话：“我包了”，就算是全算到他一个人的账上了。什么事你全包呀？吃饭、喝酒，就算是一百个人吧，包下来也没有多少钱呀。只是他们净包那个没有名堂的大花销，泡舞厅，一高兴，今天的花销他全包了，你说说舞厅一晚上是多少钱吧，说五叔“包”的还邪乎，他一高兴，把一个戏班全“包”下来了，从角儿，到行头，跟包，全“包”下来了，戏码由他一个人定，他爱听哪出，就给他唱哪出，戏园子里前三排的座，全由他一个人“包”下来了，你说说老祖父留下的那点财势，能够让他们“糟”几天呀，就是留下半个亚细亚来，也不够他们“糟”的呀！

他们一个一个地把钱花光了，怎么办？回来找大嫂呗。大嫂不是好说话吗？别看大嫂对大哥不留情面，对小叔们，大嫂可是从来也不说二话的，只要小叔说出条道儿来，老嫂如母么，那是一定要想法儿办到的。

除了九叔之外，一共有三个叔叔从家里分了出去，如今这三个叔叔再回来向母亲要钱，你说这开销该是多么庞大吧。到这时，母亲才想起春红当初在分家时出的主意是多么重要了。若不是春红知道长子要分一半，还不就是大家平分算了？那时，几个不成器的叔叔再挥霍一空，我们家也就没有几天的好日月了。这样，主要的产业还在我们这里，就是养着几个叔叔，也还能吃上一阵子的，总不至于败落吧。

只是，我的这几个叔叔是不肯好好过日子的，若只是养着他们，不就是每天三顿饭吗？还能把我们吃穷了吗？可是，他们还要出去看戏，有的还有销魂的去处，就这样，他们每天都要向母亲要钱。老嫂如母么，你不给，他们就捣乱，就说闲话，要不，就几个一起哭我死去的老祖父，似是老祖父一死，他们就没有人管了："爸爸呀！你老不能扔下我们不管呀！"哭声惊天动地，谁也休想劝开。没有办法，给钱呗，要多少钱，就给多少钱，谁让你是长门呢？你总不能看着他们受穷不管呀，别管他们是为什么受穷的吧。

有一次，正好我的老爸回来，春红也跟着一起回来了，一家人也算是团聚吧，就难得地在一起吃晚饭。晚饭才摆好，忽啦啦一阵风，我的几个叔叔一起闯进来了。刘妈见他们来了，就忙着摆筷子让坐，谁料，这几个叔叔谁也不坐，他们一起就站在了我的老爸面前，蛮不讲理地就向我老爸问着："大哥，你说个主意吧。”

我老爸当时一愣，还以为是他们要闹事，便眨着眼睛问道：“你们这是要干吗？家，不是已经分完了吗？”

“明说吧，大哥，家是分完了，可是钱我们也花光了。如今我们几个打算一起去要饭，也不是沿街乞讨，就是到各家商号去要点施舍，也不多，就是几角钱，反正我们是不能挨饿呀！”

这一说，我的老爸明白了，他们这是要赖，钱花光了，就来个恶吃恶打，要的是混横不讲理，你说怎么办吧？你不管，我们就去要饭，给侯姓人家丢脸，也给你侯先生丢人，你在大阪公司做经理，你弟弟在天津做乞丐，让你在外面没脸见人。

“你们说个办法吧。”我的老爸总是念手足之情，便对几个弟弟说，让他们说个数目，到底一个月要多少钱。

“大哥既然让我们说，那我们可就不客气了。”几个叔叔中最不讲理的一个代表大家说话了，“我们也不难为大哥，老九不是正在读书吗，大哥每个月给老九多少钱，也就给我们多少钱。”

天爷，亏他们想得出来，那时候一个人上大学，一个月就要一两黄金，那是多大的开销呀，他们几个也每月各要一两黄金，这不是敲诈吗？“不行。”这时，我的老爸说话了，“虽说我这里还有一些产业，虽说我在大阪公司做事，可你们这样花钱，谁也是养不起……”

“得了吧，大哥，”那个最不讲理的叔叔当即就向我的老爸说道，“你少荒唐几天，就够我们用的了，你在塘沽做的那些事，当我们不知道怎么的？光在女人身上，你花了多少钱？”

“行了，行了，几位爷，别忘了，这可是当着孩子们的面呀！”忽然，春红说话了，“想吃饭的，现在就坐下先吃饭，有什么话，吃完饭再说，你们总不能让我们奶奶和我们少爷们饿着呀？不吃饭的，就先到正厅里去坐着，有人给你们送茶，过一会等我们老爷吃完饭，再过去和几位爷说话。”

经春红这么一说，几个叔叔不好再闹了，他们只能退出去，等我们在这里吃饭。待到几个叔叔出去之后，春红才对母亲说：“奶奶有什么主意吗？”

“我有什么办法呀？一群孽障，多少钱也不够他们糟的。干脆，你把他们聚到塘沽去吧。我自己还一身的病，哪里有精神儿管他们？”母亲无可奈何地说着。

“我不要他们！”我的老爸一拍筷子，当即就表示反对。“我在大阪公司有公事，又不是玩。”

“你不要他们，我更不要！”母亲当然不肯罢休，“你明明是想把我活活累死，你不知道我有病吗？天天让这些人来缠我，用不了多少日子，你也就快过上好日子了。”说着，母亲又掉下了眼泪儿。这一下我的老爸不再说话了，他知道自己有不对的地方，所以每次母亲掉泪，他都不敢争辩。

“我看，就按照奶奶的吩咐做好了。”这时春红说话了。“和几位爷说好了，凡是能自立的，就留在天津，只是以后不要再到府上来找奶奶要钱，凡是不能自立的，就随着老爷去塘沽……”

“放屁!”突然，我的老爸又发火了，他冲着春红就是一声臭骂，然后就厉声地向她问道，“到了塘沽，你管着他们呀?”

“我哪里配管什么人?”春红一点也不着急地说着，“我只是说，把几位爷聚到塘沽，给他们各人找一份差事，让人家经理掌柜的管着他们。如果这时他们再不好好做事，被人家辞下来，那他们也就没有理由再向咱们要钱了。给你分了家，又给你找了事由，你都没混好，这还能怪谁呢?咱们这叫仁至义尽，到最后就是他们真的做了乞丐，我们也是理直气壮，谁也不会说我们的不是。再说塘沽又是个小地方，到了那里，就是有钱，也没地方糟去，那儿不似天津，多少钱都不够用，像五爷那样，一个人听戏包半个园子，塘沽也不兴这种做法，再说塘沽那地方又野，谁敢胡作非为，一准有人出来和他要胳膊根，几位爷为什么在天津横行?容春红放肆说一句话，就是府上在天津的威风太大了。到一个新地方，没了祖上的威风，就是胆子再大，只怕几位爷也不敢混闹了。”

果然春红说得有理，我的老爸再也不说话了，一切就由春红安排吧，就这样，我的几个叔叔，我们的四先生、五先生和六先生便一起到塘沽去了。

母亲这边还担心这几个弟弟会不会在塘沽惹事，但是半年之后，塘沽传来消息，说这三个叔叔全都变好了。真是让人不敢相信，何以这三位爷就学好了呢？是谁有这么大的能耐把他们三个管好的呢？问到春红，春红只是一笑，然后便说起了三位爷学好的经过。

先说四先生，四先生没有别的毛病，就是一个懒惰，早晨要睡懒觉，谁叫他，他也是不肯起床，他要一直睡到上午十点，然后才起床洗漱吃早点。就为了四先生的睡懒觉，四奶奶可是着过急的，睡懒觉，那是要误事的，什么差事也不能做了。好几次，人家给四先生找到了公事，可他就是因为要睡懒觉，就是不肯去按时上班，最后自然是被人家辞下来了，所以就一直在家里待着。到了塘沽，我老爸给四先生在一家报关行里找了一份差事，报关行呢，那是要到上午 9 时半才上班的，一般说也可以让四先生多睡一会儿了。可是，四先生那是不到 10 点不起床的，最初我老爸还担心他给人家误了事，可是，不到半个月，我们的四先生就再也不睡懒觉了。我老爸也觉着奇怪，还以为是人家报关行里的规矩严，再一问，也没什么太严的规矩，头几天四先生也是睡过了时间，可是后来四先生就再也不肯睡懒觉了。什么原因呢？很简单，这里的报关行，一律是早晨9点开饭，开饭时间只有半个小时，过了时间饭堂把大门一关，谁来了也不给开，而且下一顿饭要到下午4点，因为中午正是报关行最忙的时候，谁也没有时间吃饭。前几次四先生睡到10点，也没人说话，不过就是自己挨饿罢了，可是这一直饿到下午4点的滋味可是不好受呀，没过一个星期，四先生再也不肯睡懒觉了，为什么？他饿苦了，饿得满眼冒金星，一双手连笔都拿不动了。那么，他为什么不出去买点东西吃吗？没告诉你吗？塘沽这地方小，只有几家饭铺，而且离报关行太远，不坐车根本就没法去。所以只要早晨吃不上饭，你就要一直饿到下午4点，人是铁饭是钢的道理，我们四先生是深为了解的，这样，再不用人去管，他自己就早早地起床了。这样，我们就知道了一个治懒的最好办法，那就是一个字：饿！

五先生不懒，他就是爱听戏，在天津听戏时他一个人包半个园子，摆的是个“谱儿”。但是到了塘沽之后，他再到戏园里听戏的时候，就只买一张票了。何以他就知过改正了呢？也没有谁对他做思想工作，一开始他也是多买了两张票，至少把左边和右边的两个座位的票买了下来，我们五先生听戏不是嫌别人身上的汗味儿吗？在天津敢买下前三排，到了塘沽我只买三张票还不行吗？大爷我有钱。

只是，有一次就在五先生听戏的时候，扑通扑通，一左一右，就在五先生的两旁坐下了两个恶汉，我们的五先生看看左边的恶汉，再看看右边的恶汉，才说了一句：“知道这两个座位是谁的吗？”没等五先生把那两张票拿出来，一左一右的两个恶汉一人一拳头就向我们的五先生打了过来：“小子听清楚了，就是金銮殿里的龙椅，只要没人坐，这爷爷也敢去坐！知道这是嘛地方吗？这是塘沽，知道塘沽是谁的天下吗？左边的爷他叫混江龙，右边的爷我叫浪里蛟，有来头，你也报上个名来，强龙斗不过地头蛇，知道吗？别提你在天津卫的威风，到了塘沽，就是咱爷们儿的天下，老老实实地别炸刺儿，一个人听戏买三张票，塘沽没见过这样的规矩！今天给你两拳是看你家大爷在大阪公司的面子，明天再这样，可别怪这爷们不客气！”一下子，五先生就老实了，从此之后，再看戏，他就只买一张票了。

我们六先生呢？好赌。在天津谁也管不住他，到了塘沽，他还是要去赌，可是他只去了一次赌场，连一分钱的赌注也没下，老老实实地他就出来了，而且从此再不进赌场的大门。谁把六先生赌博的恶习给治好的？也没什么人，就是那次六先生走进赌场的时候，才要下赌注，这时，他就在赌桌上看见了两根刚剁下来的手指头，鲜血淋淋，还正冒着热气呢，一下子，就把我们六先生吓跑了。

塘沽这个地方就是好，无论什么人送到这里都能变好，后来本人就是被送到距离塘沽只有10公里远的盐滩上来脱胎换骨的，果然见效，没到盐场之前，我还拒不认罪，到了盐场之后，不到一个星期，我就重新做人了。这时我才明白我原来的那几位叔叔何以一到了塘沽就变成了一个新人的道理？原因就是塘沽这地方风水好，它很可能是原来太上老君收孙猴子的八卦炉，那是无论什么妖魔鬼怪都能制服的。

5

春红的功劳簿上已经有了一页一页辉煌的纪录：明说是照料我的老爸在塘沽的生活，其实是看管着我的老爸，让他只能安分地在大阪公司做事。而且她还把几个不成器的叔叔聚到塘沽，逼着他们改了多年的恶习，这真是让母亲为之感激不尽了。无论春红过去曾做下了什么错事，母亲也不再计较了。再说那根本就不是春红的过错，只是看人家好欺侮罢了，主子做的恶事，却怪人家奴婢不本分。只是，谁让春红是奴婢呢？

从此，几乎每天都有令人兴奋的好消息从塘沽传到天津来，其中最使人为之骄傲的事是，我的老爸在大阪公司越来越受到日方的重用，如今我的老爸已经有权出席日本大阪公司的理事会了，而且他还是日本大阪公司理事会中唯一的外国人。每次我的老爸去日本出席理事会，日本方面都要请我的老爸给日本雇员做讲演。而我老爸讲演的题目就是《唯自尊自爱才是自刚自立之本》，听得日本雇员们一个个激动不已，连连向我的老爸鞠躬敬礼。日本大阪公司的董事长还送给我老爸一把日本宝刀，上面刻着两个汉字：至圣。

而至于我的那几个叔叔呢？有我的老爸给他们做楷模，他们自然就更加老实做人了，一个个全都在塘沽好好地做事，再不找我们家要钱了。

如果以我的看法，这本来正是母亲求之不得的好事呀，母亲应该高兴才是。可是，有一天在姑奶奶和母亲说话的时候，我居然听见姑奶奶劝我母亲不要生气，而母亲还哽哽咽咽地哭着，明明是她在生什么人的气。只是，谁会让母亲生气呢？这家里没有别的人了呀，哥哥是母亲的命根子，那是绝对的亲信，连我都比不上，莫说是生气，就是哥哥把房盖揭下来，母亲都要为之鼓掌欢庆的。我呢？更是讨母亲的欢心了，母亲宠爱我还嫌不够，母亲何以会生我的气呢？那么家里还有一个刘妈，可刘妈简直就是母亲的亲兵，她处处迎合母亲还怕母亲有什么不满意的地方，她是绝对不会让母亲生气的。那么，到底谁又惹母亲生气了呢？这可真是太让人费解了。

然而，母亲还是真的在生气，而且越来越重，到最后竟气出了病来。反正我就是只见刘妈每天晚上用砂锅熬药，熬得满院里都是药味，熏得我连算术题都做错了，第二天挨教师的骂。教师说我不是不会做算术题的人呀，只是教师是不知道，你就是把阿基米德放在我家院里来，天天晚上拿熬药的味儿熏他，他也是发明不了他的那个定理的，那股熬药的味道，让人觉得电灯都不亮了。

而母亲就每天晚上喝那一碗一碗的药汤，喝得我一阵一阵地替她咧嘴，母亲咽一口药，我的嗓子眼儿就咕噜一下，母亲一碗药喝完，我的肚子早让凉气胀成了一个大皮球，那要放好多好多的屁，才能把一肚子的凉气放出来呢，真是活受罪。

只是，母亲的病一天天地重起来了，每次医生给母亲看病，我都在跟前，我就听医生说母亲的病是由郁闷而生，而且医生还说母亲生的闷气，是一种对任何人都说不出的气。据医生说，这“气”是有许多种的，有的人生气，喊几声也就过去了，还有的人生气，过些日子自己也就忘记了，再有的人生闲气，那是根本就不必管他的，让他做点什么事情，一忙，就没有时间生闲气了。而世上最可怕的就是生闷气，这种气，无法驱散，无法化解，也说不出，就是由心里聚着，久而久之，就一定要聚成大病，到那时就是请来神医，也已是无济于事了。

为了照顾生病的母亲，春红从塘沽回来了，因为母亲生病之后，房里的事情自然就多了，刘妈可以做零活，可是请医生，买药，还要一个专人，再加上许多家里的事，什么这家的寿日，那家的红白大事呀，母亲是照顾不过来了。这样，春红就说：“还是让我回来吧，奶奶身边的事，也只有我才知道如何做的。”于是春红就回来了。

说来也怪，春红一回来，母亲的病就有些好转了，后来有的叔叔说母亲的病是春红气出来的，我坚决反对，这是我亲眼看到的，有春红在身边，母亲的病情就有明显的好转，春红一去塘沽，母亲的病就重。你说母亲是被春红气病的，那为什么母亲看不见春红的时候病就重，春红一回来母亲的病就好些了呢？母亲生我老爸的气，爸爸在她身边，她就有病，爸爸一离开，母亲就没病，这才是一看见你就有气呢！可是，母亲何以是看不见春红就有气，而春红一回来，就没气了呢？诸位明白人，你们知道这是什么原因吗？反正我是不明白的。

虽说母亲有春红无微不至的照顾，母亲的病有了一些好转，可是过了一些日子，母亲更加感到不适了，这时又请到了许多医生，医生也说不出什么道理来，只是给开了许多调理的药，让母亲慢慢地吃着，等她自己康复。

一天，当姑奶奶看母亲来的时候，春红把姑奶奶请到一间房里之后，向姑奶奶说着：“又是春红放肆了，本来这话是不应该春红说的，只是春红看奶奶的病情一天天地重下去，心里实在是太难过，有病乱投医么。既然请了这么多的医生都说不出个道理来，姑奶奶说是不是该换个办法给奶奶看看了。”

“你说什么办法好呢?”姑奶奶问着。

“这话，春红在塘沽对老爷说过的，老爷说他不能做主。还要请姑奶奶拿主意。”春红低声细语地对姑奶奶说着。

“什么事，连他都不敢做主?”姑奶奶更是不解地问着。

“在塘沽，春红对老爷说过的……”

“哎呀，你就把那些虚词免了吧，什么老爷呀，春红呀的，咱如今不是说大奶奶的病吗?”姑奶奶有些着急了，她发下话来让春红有话只管直说就是。

“春红是这样想的，既然奶奶服了这么多的汤药都不见效，春红说是不是就该到西医那里去看看？春红听说，如今有些病，老法子已经是看不出了，人家西医有什么照相机器，一照就把人的五脏六腑都能看清的。若是没有病呢，我们再吃平安药，也就放心了，若是有什么病呢，我们也不至于误了治……”

“既然这样，那明天就把大先生找回来，连那几个叔叔也找回来，大家一起商量商量，我也是说，别再光喝汤药了。”

有了姑奶奶的话，春红立即动身去塘沽把侯姓人家的几位男子招了回来，大家在姑奶奶的主持下，也算是会议决定：送母亲去西医医院看病。请西医来给母亲看病，那真是和爆发一场革命一样呀！因为那时候，西医被认为是一种邪说，何况西医治标，中医治本的说法更是根深蒂固，如我们这样的老户人家，人们是不会相信西医的。

母亲去马大夫医院看病的那天，我们是全军出动的，那真是兴师动众了，我的老爸和姑奶奶是主帅，几个叔叔是副帅，哥哥和我更是重要人物，刘妈和春红给母亲做护理，一行人就到了马大夫医院。

那时的马大夫医院，就是现在中心医院的一个分院，在我的印象里，那时的马大夫医院几乎没有几个医生，也没有几个护士，马大夫医院里鸦雀无声，连我们自己的呼吸声都听得出来，不像现在的中心医院分院，里面熙熙攘攘，护士唤病人要用高音喇叭，音量小了，还听不见，你就说说如今的医院是多大的威风吧！

在马大夫医院里经过一番检查，最后马大夫将我老爸、姑奶奶和我哥一起请到医生的房里，也不知马大夫对他们说了些什么话，待到我的老爸、姑奶奶和哥哥从里面出来的时候，只看见哥哥哭着，我的老爸面色苍白，姑奶奶手扶着墙，全身已经没有了一点力气。

母亲的病必须动手术，而且现在就要留下来住院。

母亲动手术的那天，马大夫医院大门外停了几十辆汽车，我们一家，姑奶奶一家，几个叔叔的各自一家，还有外婆家，舅舅家，姨姨家，以至于其他的远近亲朋，成群结队地就全来了。因为那时候人们把做手术看得极其可怕，一个人居然被医生切开腹部，而且再把身体里的一块病变切下来，这太不可思议了。这样重大的事件，人们不在现场，那是太不礼貌了。只是马大夫医院太小，除了直系亲属之外，其他人就在门房里等着，还有一些人被姑奶奶动员说着回了家，并且保证说一旦有了什么变化，一定会通知他们的，决不会忘了亲人的关心。

母亲是上午 10 点被推进手术室的，手术室外面只有爸爸、姑奶奶、哥哥和我，此外就是刘妈和春红了。刘妈和春红是照顾我们几个人的，关照着我们喝水，穿衣，有什么事情，她们再出去找人。手术室里面的事，我们是一点消息也不知道，大家只是一起看着墙上的大钟，嘀嘀嗒嗒，一声一声都似在我们的心上砸下一只重锤，让人窒息得全身发冷，有生以来，我第一次知道什么叫作担心，只怕得一双手不停地发抖。

正是在我们大家紧张得喘不上气来的时候，手术室里走出一位护士，对我们说道："请近亲进来。"我们当时以为是手术做完了，让我们进来看看，谁料当我们走进手术室的时候，那位护士才对我们说："手术中出现了意外情况，病人大出血，而现有的血浆又血型不对，所以必须立即给病人输血。"

"输我的血！"第一个跑上前去的，是哥哥，他不等护士验血型就往手术室里跑，倒是护士一把拉住了他，说着就把他的袖子撸起来，随着又对我们大家一起说："病人的血型是 AB 型，这种血型的人很少，大家都要抽一点血去化验。"说着，护士就一个人一个人地把我们的血都抽了一点，又作了记号，在每个人的血样上写下了名字。但这时护士还不肯走，她对我们说：“AB 型的血很难找，听说你们来了许多人，是不是也抽他们的一点血样做些化验？”

“好吧！”立即我和哥哥就跑了出来，到了门房处，我们对几个叔叔说要每个人抽一点血样去做化验，你猜怎么着？除了九叔当仁不让地走了进去之外，其他的我的那几个叔叔竟没有一个人应声。

“怎么？你们平日不是总说母亲是你们的老嫂吗？”我急了，当场就要和他们分辩，只是那几个叔叔都为自己辩解：

“你是知道的，我也是有病呀！”

“我根本就不能抽血的，我一看见血就晕，我想，我就别再给你们添麻烦了。”说得好生有理，反正他们就是不肯抽血是了。

回到里面，哥哥把外面的情形对姑妈说了一遍，气得姑妈当即就骂道：“这群狼心狗肺的东西们，真是知人知面不知心呀，他们得不了好下场的。”

但是，时间不等人，那位护士急忙从我们几个人的胳膊上抽走血样，然后便又进到手术室里去了。

过了不长的时间，手术室的房门被推开了，刚才的那个护士走出来。她拿着一张单子，看着单子上的名字，唤了一声：“春红”。

这时，我亲眼看到的，春红的眼睛里竟然闪出了一种奇异的光彩，是一种骄傲的光彩，是一种得意的光彩，就像是一把干柴突然被火星点燃起火一样，春红一下子兴奋得几乎不能自已。而且不要忘记，那时候人们把抽血看得和杀头一样可怕，那是人们对西医还不认识的时候，中国人把血看得和生命一样珍重，人们认为一个人被抽出了血，那就是要短命的，把自己身上的血输到另一个人的身上，就是把自己的生命献给了另一个人。而现在春红竟为自己能给母亲输血而得意非凡，可以想见她是多么希望自己能把她生命的一部分变成母亲生命的一部分了！立即，没有向护士再说什么，春红就向手术室走了过去。

只是，我万万没有想到，这时候哥哥竟似发疯一般地向春红冲了过去，他一把将春红抓住，然后就一步站到了护士的对面，瞪圆了一双眼睛，恶凶凶地向护士说道："你为什么不叫我？"

幸亏那时候的护士知道自己是护士，她一点也没有和哥哥发脾气，只是和颜悦色地对哥哥说："医学上的事情十分复杂，你只能服从医生的决定。"然后就带着春红走进手术室去了。

护士把春红带进手术室之后，哥哥一下子就扶在墙上放声地大哭了起来，他哭得那样伤心，明明就是自己受了侮辱一般。说来也怪，我虽然没有为自己的不能给母亲输血而感到过于气愤，但就在我的心里也对春红产生了一种嫉妒，我真恨不能一步就闯进到手术室里去把春红从里面拉出来，然后我再把自己的血输给母亲，这时我就对医生说："医生，无论用多少血，你都尽管抽吧，我是母亲的儿子呀！"

然而事实就是和人们想的不一样，母亲的儿子不能给母亲输血，却让一个母亲最恨的人，把她身上的血输给了母亲。母亲此刻已经被麻醉过去了，她是不知道的，而我们这些亲生骨肉，在这个无法令人接受的事实面前，却只能像哥哥那样放声痛哭了。倒是姑妈了解哥哥的心情，她把哥哥搂在怀里，抬手抚着他的头发安慰着说："只要能把母亲的生命抢救过来，就是我们全家人最大的幸福。春红的血，我们是会付给她钱的，无论她要多少钱，我们都会付给她的。"

经姑妈这么一说，哥哥才稍微安静了一些，这时就听见哥哥把头埋在姑妈的怀里狠狠地说着："给她钱，把咱们家的钱都给她，让她滚蛋！"多年来一直压在哥哥心底的仇恨，终于爆发出来了。

…… ……

…… ……

手术之后，母亲的身体极度虚弱，整整在床上躺了三四个月，病情才开始轻了一些，虽然母亲的精神明显好转，但我们在母亲手术之后，就被马大夫找到了手术室里，听马大夫对我们说明母亲的病情。据马大夫说，母亲得的是一种绝症，过三不过五，也就是说三年之内，马大夫保证没有问题，但是再好的医生也不敢保证患这种病的人会活过五个年头。马大夫的话，等于宣布了母亲的寿限，那就是说，母亲最多已是活不过五个年头了。

哥哥哭了，我哭了，姑妈哭了，我的老爸也哭了，而且我的老爸还一面哭着一面骂自己："我对不起她呀！我有罪呀！"看着老爸哭的样子倒也可怜，只是我和哥哥谁也不去劝他，我们什么话也没和他说，就一面哭着一面和姑妈一起从马大夫医院出来了，坐到车里，姑妈还说要等我的老爸一会儿，这时就听哥哥狠狠地说道："开车，走！"立即，我们就走了。

母亲的身体情况一天比一天好了起来，到了春天，母亲已经走到院里来了，她那么有兴趣地看看院中的花草，还到我们房里看了看，并对刘妈把我们照应得这样好表示了一番感激，又把我和哥哥的成绩单拿到手看了看，然后才回到自己房里去。母亲身体恢复得这样好，既有医生的功劳，也还有许多其他的原因，而此中的一个重要原因就是我的老爸从母亲做过手术之后，自己果然改过自新了。为了照顾母亲的身体，春红再也不去塘沽了，我老爸就一个人和他的三个弟弟住在那里，最初母亲和姑妈也是不放心，但是让九叔到塘沽去过几次，每次九叔回来都说我的老爸确实快变成一个圣贤了，他不仅自己自重自爱，他还把几个叔叔管得规规矩矩。一次，那个六叔也不知在外面做了什么荒唐事，被一个女人诈去了不少的钱。为此那个用他做事的地方一定要把他辞掉。这事被我老爸知道之后，我的老爸说辞掉事情不重要，重要的是以后如何做人。当即，我的老爸就把那个六叔好一番管教，而且我的老爸还动用了老大哥的威风，逼着这个六弟在他的同事面前请罪。那时候是不兴开批评会呀什么的，我的老爸就摆了一桌酒席，把人家公事房的人都请了去，由我的老爸亲自给人家公事房的人一一斟酒，还让他的六弟站在一旁，不让他说一句话，斟过酒之后，我的老爸把他自己的酒杯举过头顶，然后对众人说："我身为大哥治家无方，因此才出了这么一个孽障弟弟，有什么对不住众位的地方，诸位只管对我一个人说，我这里向众位谢罪了。"说罢，就向众人鞠了一个大躬。

这一下满塘沽都轰动了，人们都说："你瞧，到底是人家书香门第呀，弟弟做了错事，大哥出面自责。这样，就是再不知道理的人，也不敢再做错事了呀，若不怎么还得是老户人家呢，家风就是好！"就为了这事，塘沽的各界人士几乎要给我们家再挂一块匾，连词儿都想出来了："圣贤家风"，只是后来到我们家一看，我们家门外的匾太多了，没有地方再挂了，这样才拉倒了。

只要我的老爸和他的几个弟弟严于律己，不做荒唐事，我们家就没有犯愁的事，母亲也就不会生气。至于我和哥哥，那是绝对的中华精英，读书、做人，除非是后来有人把是非颠倒了一个“个儿”，否则，我们就是中国传统美德的化身。在家里我们最知孝敬长辈，在外面我们与人为善，学业上，我们更知上进。在学校里，哥哥是高中第一名，我是初中第一名，有一年上面非要高中初中合一起，出一个全校第一名，为这事，老校长找到教育局长，非要辞职不可，最后没办法，只好来个并列第一，我们哥俩全都上去了。你就说说，这有多露脸吧！

有了这样好的条件，母亲的身体恢复得就更快了，母亲常说：“若是我的一场病，真能让他们弟兄知道自重自爱，就是吃些苦，我也是不冤的。我们这样的家庭是万万不能败下去的呀！”母亲的伟大，就是她为了这个家，贡献出了她的一切。她真是愿意用自己的生命让我的老爸和他的弟弟们良心发现地好好做人，这个家是不能败在他们手里的，只要有一辈人不成器，让这个大家庭败下来，日后再想重振家威，那就是不可能了。

塘沽的事不用母亲分心了，而在母亲身边的人，更是让母亲高兴，我和哥哥那是不必说了，刘妈是母亲从外婆家带过来的陪房丫头，她本来就是母亲的心腹，唯有一个春红因为一件事情让母亲生气，但那本来不是她的过错，甚至于她是一个受害的人，就因为人家春红是奴婢，所以主子做下的坏事，反要把罪过扣到人家的头上，旧时代的事就是这样不讲理的。倘若换了现在，春红早找个地方揭发我们家的罪行了，召开一个控诉会，把我的老爸押上台去，你放心，我一定不会为了亲情而忘记阶级立场的，就算我不上台揭发，至少在台下，我也会带头喊口号的："打倒那个做坏事的人，我们坚决不答应！"

尤其是在母亲得知春红在给母亲输血的时候，竟然晕倒在了病床上的时候，那就对春红更加感激不尽了，在马大夫医院，在母亲苏醒过来之后，那个不知底里的护士当即就对母亲说："为了没能给母亲输血，儿子急得放声痛哭，我说女儿的血不是都一样吗？一进到手术室，女儿就说，医生，无论用多少血，你老只管从我身上抽，你老连问都不必问我，就是把我身上的血全抽净了，我也是心甘情愿的。当时我在一旁听着，心里就是一阵难过，我是没有母亲的人了，我最知道女儿对母亲的感情是多么真切了。"护士的话说得母亲的眼圈都红了，她也没有对护士说那个给她输血的人不是她的女儿，那是一个不知是什么身份的人。

就这样，这些年母亲在心里和春红的一切隔阂全都消释得荡然无存了。为了向春红表示感谢，也是为了使哥哥的心里能得到平衡，母亲身体稍好之后，母亲便把自己的首饰匣子给春红抱了出来。你们是不知道，那里面可是无论多么值钱的宝物都有的呀，后来我在一个什么高级地方看到一只翡翠首饰，标价几乎成了一个天文数字，当即我就对身边的人说，我的天，当初若是知道这东西如此值钱，好歹收起来一点，也够如今用一阵儿的了，当初谁家里拿翡翠当好东西呀，母亲头上的翡翠耳环掉在院里了，根本就没怎么找："算了吧，什么值钱的东西？"你听听，让人多后悔呀！

可是，当母亲把她的首饰匣子放在桌上的时候，春红连看也不看一眼地只是对母亲说着："奶奶以为春红就是这么不值钱吗？"说得母亲再也不知如何是好了。当即，母亲只能对春红说道：

"这些年我也没想到送你件什么东西，如今就随你选几样吧。"

只是，人家春红根本就没把那些首饰放在眼里，什么话也没说，人家春红就走出去了。

尾　声

对于哥哥和我说来，世界突然失去了光明，就在母亲患病的第三个年头，她溘然长逝，离开我们而去了。

操办母亲的丧事，我的老爸应该是无可挑剔了，他给母亲买了最好的楠木棺材，买了最好的凤冠霞帔，还定打了一副金九琏环，母亲身上的首饰，更是应有尽有，连舅舅都对我们说："你父亲别管过去有什么不对的地方吧，发丧你母亲那是一片真心了。”只是，这样的真心有什么用呢，哥哥和我才不会因此原谅他呢。

因为母亲不是一家之主，为她办丧事只能停灵五期，也就是 35 天，比为祖父办丧事时的停灵七期，少了 14 天。当然，在这 35 天之内，也是一天一堂经，也是处处有大排场，也是满街的花篮，也是一院子的孝服，更是哭声不绝，母亲的好人品，令全族的人都怀念不已，没有一个人不说母亲的好话，没有一个人不是真心地为母亲落泪。

哥哥是长子，他的孝服最重，从母亲一“倒头”，就来了一位“博士”专门地侍候着他一个人，无论什么时候来人吊孝奠灵，他都是第一个出来，跪在母亲的灵旁磕头。我呢？是二儿子，当然也是有一个“博士”专门的侍候着我，每次出来跪灵，我都是跪在哥哥的下位，一起向前来奠灵的人表示感激。还有一个人也穿了重孝，谁？就是春红生的那个女孩，从她生下来，就交给一个佣人带着，如今她已经长到了四五岁，她是以女儿的身份“承”服着孝的。虽然同父异母，但她的母亲没有资格做母亲，我们的母亲才是她的母亲，这样她因为身上有侯家的血统，也就自然是母亲的女儿了。

然而，正在我和哥哥为了母亲去世而万般难过的时候，就听说是家里出了一件事，为了这件事，几乎闹得地覆天翻，差一点出了人命。

什么大事闹得这样凶？

也不是什么大事，就是春红想要一件孝衣。

按道理讲，只有亲人才能穿孝服，刘妈是母亲带过来的陪房丫环，那是可以按晚辈看的，尽管刘妈比母亲小不了几岁，但主仆之间就是两辈人，她自然有权利穿一件孝服的。当然不是重孝，只是一双白鞋，头上有一条白布缠头，就这样，刘妈已是十分骄傲了，她比那些没资格穿孝服的佣人，就高出了一个等级。而春红呢？论身份，她只是老吴三代的女儿，根本就没有仆人的资格，就算是母亲房里的佣人，她也只是一个仆婢而已，那是不能按亲属对待的。所以在姑奶奶定孝服的时候，就没想到给春红也做一件孝服。这样，在全家都“承”服之后，就把春红给显出来了。

春红为什么想要一件孝服呢？难道穿孝服是一件光荣的事吗？如今人们常在骂人的时候说“你抢孝帽子呀!”这本来不是一句好听的话，不穿孝服，不是更轻松吗？

只是，诸位看官不知道过去的老事，穿孝服虽然不是一件喜事，可是孝服代表一种身份，穿孝服的人是死者的亲人，不穿孝服的人就和死者无关。譬如说吧，倘若死者生前欠下了人家的债，事后，当债权人来讨债的时候，他就没有权利向没穿过孝服的人张口：“向我要得着吗？我戴过孝帽子吗？”一句话，就把讨债的人骂跑了。可是，如果死者留下了遗产呢？待到分家的时候，那没戴过孝帽子的人，就没有资格分了。所以，这穿孝服可不是等闲之事，诸位好友，到时候可万万不能掉以轻心呀！

那是在母亲去世后的第三天，姑妈一一查点过了‘承’服着孝的人们之后，向主事的师傅说了一句：“全齐了”，这时再有人来，那就是只敬呈白花，而不再“承”服着孝了。谁料姑妈的话声刚落，春红立即就找到姑妈房里，扑通一下就跪在了姑妈的面前，姑妈还以为她要向姑妈发难，在母亲去世之后，为了她当初的救过母亲的性命索要报酬。万万没有想到，春红跪在姑妈的面前，立即就哭成了一个泪人儿。

“姑奶奶在上，春红有件事还求姑奶奶成全。”春红一面哭着，一面向姑奶奶说着。

“有什么话，你就说吧，反正我们侯家是欠着你的。”姑奶奶不无防备地说着，心里还在估摸着春红到底有可能提出什么要求。

“姑奶奶容我放肆，春红在奶奶房里侍候奶奶这许多年，奶奶对春红的恩德，那是春红下辈子做牛做马也报答不尽的。春红没有别的要求，只求姑奶奶赏给春红一件孝服，也算是春红在世上回报了奶奶的教养之恩。”

“什么？你要给奶奶服孝？”这一下，可真是把姑妈吓了一跳，立即，姑妈就对春红说道，“春红，不是姑奶奶没想到你，你看刘妈不是已经‘承’服着孝了吗？可是你不能和刘妈比，刘妈是你们奶奶从娘家带过来的，身为奴婢，她就可以着孝。可你呢？你原是侯家老仆的后人，在奶奶的房里，你虽然也是一个奴婢，可你和奶奶没有什么关系的，让你‘承’服着孝，就等于认你作了偏室，也就是你成了我们侯家大先生的妾。三妻四妾么，这也是名正言顺的事。可是你又忘了，你可是侯家老仆的后人呀，宠婢为妾，那是有悖于家法的。给你头上戴一条白布，也不是怕你日后争什么产业，我们大先生在，将来他还要‘续弦’，那是谁也休想分什么出去的。可是，你‘承’服着孝的事，万一被族里知道，那我们侯姓宗族就要开祖宗祠堂向大先生问罪的，你把侯家老仆的后人变为偏室，那以后谁还给你侯姓人家做奴做仆呢？你做皇上，没有人做你的臣子，你做武将，没有人做你的亲兵，为什么？因为人家怕你霸占人家的妻女。你明白吗？春红。”

姑妈虽然对春红说了这许多道理，但春红就是要为母亲“承”服着孝，她跪在姑妈的面前不肯起来，一声声地向姑妈央求着说：“姑奶奶就高抬贵手，成全了春红的一片诚意了吧，春红跟奶奶这许多年，奶奶无论要赏给春红什么，春红都没有收下，如今，春红就是向姑奶奶要一条白布条，让春红系在头上，再穿一双白鞋，为奶奶尽一分婢女的本分，这样，此生此世，春红也就无所求了。”

“不行!”姑妈当然不肯答应春红的要求，便斩钉截铁地回答着说。

“姑奶奶若是不肯答应春红的要求，春红就一头撞在大门上，春红听说，奴婢为主子殉命，那是可以立为养女的。”春红说着，真的就要去寻短见。只是，姑妈一把就拉住了她，当即，就厉声地对春红说道：

“那就是乱伦!”一拍桌子，姑妈大声地向春红呵斥着说，“你生的孩子，你们奶奶已经认下作了女儿，你还有什么资格再作你们奶奶的女儿？春红呀，到底你只是个奴仆的后辈，这名门望族里的事，你是不知道的。你莫只看这些人家里乱哄哄地今天出点这个事，明天又出点那个事，可是无论如何乱，我们都乱不了一个根本，这个根本，就是‘名分’二字，不要以为你是有功之臣，你就可以入正统，无论到了什么时候，仍然主是主，奴是奴。中国什么都能乱，只有这‘正名’两个字不会乱。没有名分，还有什么章法呢？你看到了，几堂丧事，无论一个家族有多少人，这一‘承’服着孝，是近是疏，就全分出来了。分出什么来了呢？分出来的就是名分，乱了名分，不光是乱了家法，也乱了国法，臣是臣、君是君，明君是君，昏君也是君；忠臣是臣，奸臣也是臣。你说你在这家里是有功之臣，主子去世了，让你‘承’服着孝不是理所当然的事吗？不行，名不正，理也就不顺，到什么时候也不要忘了你的奴婢身份。好自为之，你也就不要再争了，不知自爱，你争，也没有用。就是姑奶奶发善心让你为奶奶‘承’服着孝，到了外边，也会有人把你头上的白布带扯下来，而且还要对你问罪。你是个明白孩子，春红，这种事，你是知道该怎么做的。”

“可是可是，”春红一下子说不出话来了，立时她跪在地上，挺直了身子，就和姑妈争辩，“姑奶奶不是不知道，那孩子是大先生把春红堵在屋里，按在床上强迫着春红才有了的呀！春红怕毁了侯姓人家的名声，这些年不敢说出真相……”

“那你也就不必再说了，你说出来也不会有人相信的，知道自爱，你就咽下这口气，替人受过，大家相安无事，侯姓人家不会亏待你，不知自爱，就是你说了出去，侯姓人家的名声也不会毁在你的手里，人家只说你是想讹诈，才故意往我们圣贤人家的头上栽赃的，最后也就是把你送个地方，或者是给你找个人家，让你一生一世做苦婆子，再也休想吃香的喝辣的，享这份本来不该你享的荣华富贵了。”

听姑妈这样一说，春红再也不说什么了，她一下子止住眼泪儿，一声不吭地站起身来，拍拍膝盖上的土，随后便无声地走出去了。

…… ……

母亲去世后的第二年，父亲又续娶了“填房”，我们有了继母，父亲又有了妻室，当然还是明媒正娶。我们的这位继母是一家大地主的女儿，原来信佛，曾立志终身不嫁的，只是后来家里出了孽障儿孙，没几年时光家道败落了，这时候再信佛也没多大的意思了，于是就只能出嫁了。

我们的这位继母，也是一个知书达理的人，对于我们兄弟也算很是说得过去了。只是，我们自己的心理不好平衡，于是，第一个是哥哥出走了，随后我也住校了，家里已经是变得没有当年的生气了。

就在哥哥和我离家之后不久，家里传来消息说，春红也带上她生的孩子走了，出走之前，春红什么话也没说，只是在前一天晚上，她拿了一个梯子，立在我们家的大门外，然后自己爬到门槛上，把我们家大门外高悬的几方匾额拭得没了一丝尘土，而那几方匾额，一方上刻的是“诗书传家”，另一方匾额上则只刻着两个字：“正名”。

岁月如诗

因为爱书（爱读书、爱买书、爱借书，后来的爱著书），我先后两次罹难。第一次，1948年，国民党统治晚期，因为爱书，险些丢了小命儿，幸亏得好友马克先生搭救，才保住了一颗花岗岩材质的脑袋瓜子，免了一场丧命之灾；后来，解放战争胜利，“社会主义好呀社会主义好”，又因为爱书，第二次罹难，只是此时，好友马克先生正在乡下挨监督，他救不了我，我只好低头认罪重新做人去了。

积七十年之经验，老朽始知，书也，绝对不是好东西。中国人只知道女人是祸水，其实书才是最大的祸水，女人可以亡国，书，绝对可以灭种。被这个女人亡的国，再出来一条好汉又建了一个新国，自然也就又出来一位新的可能亡国的美女做妖；被书灭了种，再没有人能出来写一本书造出一个新“种”，就是再造出来，也他娘的变“种”了。

第二次罹难的事，大家都劝我别提了，咱就说1948年那桩险些罹难的事吧。

1

1948年，我是语言所中文系二年级的学生，我们这个系，在校学生只有6个人，可是每逢孟先生讲《殷墟书契》，整个教室座无虚席，连窗沿上都坐满了人，好在孟先生上课，从来不和学生交流，他老人家如入无人之境，虚眯着眼睛，微微地扬着脸，摇着脑袋瓜子自顾自地吟唱，唱够了，过足了瘾，下课了，孟先生胳膊挎上手杖，孟露小姐挽着孟老夫子的胳膊，孟老夫子踱着四方步，谁也不瞧，潇洒地走了。

哟，一下子出来两个人。

孟老夫子何许人？

国字号大师。

我们南苑大学，有五大所，语言所、史学所、理学所、哲学所，还有经济所。南苑大学的五大所，因六大教授得名，语言所的孟老夫子，史学所的郑先生，理学所的何先生，经济所的吴先生，加上语言所另一位泰斗，当年和鲁迅先生一起编过杂志的李先生，合起来，人称七大泰斗。

不对，明明六大教授，怎么说成七大泰斗？

加上校长张先生。

就因为我们这七大泰斗，南苑大学在世界大学名校中名列前茅，还不是后来那种“排行榜”，那是花钱买来的名次，南苑大学的名声是“思想自由、学术独立”精神创立起来的。能在南苑大学混上一顶学士帽，吃遍天下，混得最好的，国民党行政院院长，献身真理的铁血青年，闹革命，建立了新中国的伟大共产党，最高领导人，就有俺们南苑大学当年的一位学子。

牛不牛？

南苑大学七大泰斗不仅代表了中国学术的最高水平，在政治上也是不可轻觑的民间力量。南苑大学以思想激进闻名全国，更被国民党当局密切关注，一次社会局带着宪兵来校抓人，张校长一把椅子坐在学校大门正中，六大教授每人一只板凳坐在张校长身后，六大所的教授们排成人墙，站在七大泰斗身后，愣和社会局宪兵对峙了八个小时。最后南京发来命令，撤！乌龟王八蛋们才蔫了吧唧地溜了。

回到孟老夫子讲课，何以孟老夫子下课时由一位美女孟露小姐搀扶着走出教室呢？

这就要说到南苑大学的校花孟露小姐了。

孟露，原名并不重要，那时候美国影星梦露正迷得全世界发飙，偏偏我们学校的这位校花容貌长得和梦露小姐一模一样，高高的身躯，圆圆的脸蛋，亮亮的大眼睛，月牙儿小嘴向上弯，卷曲的头发，1945 年美国水兵登陆天津，一群军官来校参观，出来致欢迎辞的就是孟露小姐（自然是地道的美式英语）。美国水兵舰长听着欢迎辞，在台下跺着脚大喊“梦露梦露”，由此人们就将这位校花的原名忘掉，称她是孟露小姐了。

孟露小姐原来是经济所的学生，后来她爹妈私下做主，将她许配给了国民党政府财政次长的二儿子，孟露死活不干，两边闹翻了脸，她爹妈不认她了，登报脱离关系，小姑奶奶孟露也没“尿”他们，更名改姓，叫孟露了。断绝家庭关系，没人供养读书，正赶上语言所要为孟老夫子招一位书记员，不是助教，助教要有学历，书记员就是协助孟老夫子工作，如此孟露小姐毅然弃学工作，靠自己工资独立社会，也引起了一场不大不小的轰动。

孟露小姐国色天香，什么闭月羞花，沉鱼落雁，无论如何形容都不及孟露小姐美丽容貌的一半，而且，孟露小姐说话轻声细语，性格温柔。不光我们南苑大学多少人为她倾倒，连北洋大学，辅仁大学，再远到北京清华园，南京艺术专科大学，每天都有人为孟露小姐发誓终身不婚，包括本人，唉，小不拉子，排不上名儿了。

孟老夫子讲课要带很多东西，甲骨原件，是不能带到课堂上来的，拓片太小，看不清楚，孟露将拓片画成立轴，孟老夫子讲到什么时候，就将拓片画轴挂上，每逢孟露挂拓片画轴的时候，许多人就忙着去抢，抢挂拓片是假，借机朝孟露小姐旗袍领口、袖口看看，才是真正目的。好在人家孟露小姐几个纽襻儿结得很严，白费力气，里面的风光，一点也看不见。

本人聪明，才不费那股瞎力气，我坐在前排，孟露小姐挂拓片，脚尖要踮起，旗袍往上一抻，小腿露出一大截，特性感。

所以，有不得好死的人说，何以听孟老夫子课的人多，大多半，是看孟露小姐来的。

也许别人是，我不是。

孟老夫子讲课结束，由孟露小姐搀扶走出教室，我们6名学生和满满一教室旁听生全体肃立，连气也不敢喘，目送孟老夫子走出教室，直到孟先生拐进休息室，屋里的学生才敢走动，你别以为孟先生呆，他前面走出教室，后面有一点声音，他立即回头看，学生们都怕孟老夫子的“回头一望”，大家都说，被孟老夫子盯上一眼，折你十年寿数。

这就是我们那时候的求学生活，和现在不一样，现在教授还没走出教室，学生先挤出去了，没点胆量的教授，先请学生们走，唯恐被学生们挤倒，到了这年纪，老胳膊老腿，摔跤可不是小事。每天教授去学校，老伴们都嘱咐，别和学生们抢道儿。

捷足先登么。

其实，孟老夫子并不认识谁是他的学生，黑压压一教室人，连看也不看一眼，他就自顾自地开始哼起来了，时间一到，甩下袖子，抬脚向外走。且住，孟老夫子怎么不挟他的讲义夹呢？你们又不明白了，我们读书那时候，教授讲课以不带讲义为荣，两只袖子一甩，走进教室，两只袖子再一甩，优哉游哉地又走了。最牛的教授，深度近视，几近双目失明，也讲课，什么也不带，就带一张嘴巴，学生们鸦雀无声地坐在教室里，教授有时候问："屋里有人吗?"他以为教室里没有学生，只他一个人犯病呢。

孟老夫子不认识他的学生，我也不认识我的同学，入校注册的时候，我们这个系只有 6 名学生，遇到孟老夫子讲课，黑压压教室里坐满了人，谁认识谁呀？

这里，新潮学子们又不懂了，一个系只有 6 名学生，何以孟老夫子讲课时教室里坐满了人呢？那些人是干什么的。教育部的？公安局的？团市委的？宣传部的？都不是，就是听课来的。

那时候，大学没有门卫，自由出入，教授上课，也不点名，名教授讲课，座无虚席，PP 教授讲课，一个人没有。没有人，他也讲，讲三民主义救中国，讲国学，讲《论语》。不像现在的什么“讲坛”，越是骗子胡说八道，收视率越高，那时候学生混账极了，教育处换了几个权威，其中包括那个首创“新人生论”的哲学家，走进教室，一愣，以为是女厕所了。怎么没人？厕所也有人撒尿呀，怎么我来讲哲学就没有人听呢。

说了一兜绕弯子话，现在就要说到正题了。

正题是，每次孟老夫子讲课，我发现总有一个陌生人坐在我旁边。

那时候进大学是很难很难的事，倒不是大学门槛多高，考试也不严，只要你想进大学，而且参加考试，一般落榜的可能极小，还不要高中毕业文凭，只要有人证明一下你具有进大学的条件，那时候叫“同等学力”，就可以报名，报上名就参加考试，交上考卷，就录取，然后你就是大学生了。

自然，更多的人不能进大学门，家里没钱，或者还得做事，挣钱养家，白天去公司上班，下班后匆匆往大学跑，说不定能赶上一节课，就是赶不上课，学校里有几个朋友，也能借到听课记录。

没有人询问旁听生们的名字，今天你坐在我旁边，明天他又坐在我旁边，都是一辈子见一面的路人，更没有人会询问，那个什么什么长相的旁听生怎么好久没来。旁听生么，听了就是旁听生，不来听，就什么也不是。

只有一位旁听生引起我的注意，每次孟老夫子讲《殷墟书契》，总是他第一个到教室，占个好位置，我对《殷墟书契》也有兴趣，第二个进教室，就坐在这位旁听生旁边，很多次他还向我笑笑，似是对于自己的“蹭课”不好意思。我也向他笑笑，告诉他无所谓，学校就是妓院，有钱的爷来玩玩，没钱的穷光蛋看热闹，我们是在校生，泡够了时间，滚蛋，你们是旁听生，只有看热闹的份儿，也沾不上什么便宜。

早早坐在座位上，没事好做，我又是一个惜时间如生命的好学之士，坐在座位上，我就读书。我读书品位极高，不三不四的破书，连看也不看，那一天我正在读瞿秋白的《红都纪事》，就觉得有人暗中捅了我一下，还小声地提示我说：“来了”。我下意识地抬一下头，正看见另一个人走进教室，我不明白坐在我旁边的这位旁听生为什么提示我这个人“来了”，但也立即收起《红都纪事》，装出打瞌睡的样子，眯上了眼睛。

如此，听出门道来了吧。

1948 年的大学，国共两党拉开阵势，共产党一方组织反饥饿、反迫害、反内战进步阵营，组织、启发学生接受新思想，从组织上、思想上迎接新时代的到来。国民党一方更是加强对青年学生监视迫害，千方百计搜捕进步学生，破坏共产党的地下组织，诱迫进步教授，企图将学校建成他们最后挣扎的阵地。

旁听生提醒我“来了”的这个王八蛋，魏敬明。不知道是哪个所的，职业学生，三青团，蓝衣社，调查局，什么背景都有。更是学校四维学馆的铁杆骨干，监视学生动态，按时向当局打小报告，特务。

南苑大学的四维学馆，活动能量极大，什么活动都组织，而且有经费，每次请圣教会来人讲课，不仅给讲课费，还专车接送，连请来听讲的人都有酬谢，倒也不给钱，就是预备小吃，课堂外面一张大案，小烧饼，酱牛肉，西式点心，饮料，巧克力，足够吃饱，小无赖林希有时候也去凑热闹，弄一大包食品回来，够吃好多天。

国民党当局发现孟老夫子讲课时旁听生最多，他们也不是吃干饭的 SB，自然就想何以这样一门死学问引来这么多人，想了一阵儿，明白了，听孟老夫子讲课是假，暗中一定有活动，倒也不至于鼓动暴力革命，反正传送个激进书籍呀，交换点消息呀，可以逃避他们的监视。

于是，魏敬明也“听”孟老夫子讲课来了。

装作没事人的样子，我装作打瞌睡，听见魏敬明向我走近过来的脚步声，突然一只脚伸过去，好绊儿，魏敬明险些没摔倒。

你踩我脚了。

我还有理。

魏敬明恶凶凶地看了我一眼，气狠狠地走了。

……

时局紧张，东北失守，解放军开始向华北进发，前几天传来消息，战线转移，国军已经退进山海关，“共”军更是加紧推进，杨得志部已经潜进河北，夜行昼伏，正一步步向平津一带逼近。天津北平已是“共”军囊中之物。国民党当局放言誓死保卫平津，也是夜行昼伏，白天调动军队，坦克车，军人东奔西跑，夜里起飞飞机，往南边运黄金。完喽，完喽，老百姓都说完喽，没有指望了。

学校还在上课，孟老夫子还在讲他的《殷墟书契》，《殷墟书契》里面没有共产党，也没有国民党，没有三民主义，更没有共产主义，《殷墟书契》就是《殷墟书契》，谁来了也是一片鬼画符。

改朝换代到了最后时刻，青年学子热血沸腾，学校里随处传唱进步歌曲，“天那边呀好地方，一片稻田黄又黄，大家唱歌来种地呀，高粱谷子堆满仓。”还有更直露的，“团结就是力量，团结就是力量，这力量是铁，这力量是钢”，号召年轻人准备战斗。

那时候我只有 17 岁，对政治不甚了了，虽然也读过许多激进书籍，但也以苏俄小说居多，也知道国民党特务政治毒恶，也知道物价飞涨老百姓活不下去，更知道国民党官员贪污，没一个好东西，也知道共产党要建立新中国，可是到底共产主义是怎么一回事，中国的未来应该是一个什么样子，我就浑浑噩噩了。

1948年进入夏季之后，学校里形势愈发紧张，张校长年初去南方开会，被国民党当局扣下，不准回校，最近更以张校长的名义给学校发来要求全体教授南迁的“通知”，教授们人心惶惶，无所适从。学生会一方，也加紧活动。准备一旦战事逼近，成立学生自卫组织，保卫学校，保卫教授，劝阻教授别跟着倒霉蛋老蒋南去，老蒋已经没有希望了，等着迎接新时代的曙光吧。国民党方面也更最后疯狂，密切关注学生情况，一些平时受注意的学生陆续失踪，几位糊涂教授被特务架上南去的飞机。

魏敬明是公开特务，可是谁能保证旁边这位旁听生不是特务呢？

林希也不是等闲之辈，自然暗中有了警惕。挨近这位旁听生坐着，眼睛向旁听生瞟过去。查看这位旁听生到底是什么人。

一个可能，他是外边渗透进来的共产党，知道我思想激进，暗中保护我不要暴露。第二个可能，他是三青团，表面上提醒我注意特务，暗中测试我是不是共产党地下，一旦探明虚实，或者我误认他是革命人士，向他吐露真情，再动手把我带走。

学生和旁听生们陆续走进教室，两个小时，孟老夫子也过足了《殷墟书契》瘾，孟老夫子走出教室，学生们纷纷散去，刚才坐在我旁边的那位旁听生向我靠近过来，不出声音，暗中将一本书塞到我手里。

回到宿舍，我把那位旁听生塞给我的书拿出来，原来是一本徐訏的小说《风萧萧》。没劲了，我还当是什么禁书呢，《风萧萧》谁没读过呀，在如我这些激进学生心里，《风萧萧》是一部消沉青年革命意志的垃圾小说。

只是，正在我要把这本书扔出去的时候，忽然书页翻动了一下，跳过前几十页，到了书的中间，书的编排形式变了，书脊上虽然还印着“风萧萧”三个小字，书页中间的文字变了，将书取过来细看，在“风萧萧”书眉的下面，版心换了内容，《论联合政府》。

共产党。

正中下怀。

我从七岁立志救国救民，只愁没摸到门路，十五岁之前，我梦想做一个游侠，游走天下，劫富济贫，除暴安良，把坏人都杀光了，提高百姓生活的幸福指数，只可恨咱没有那么大的能耐，倒也知道谁是坏人，也知道如何收拾坏人，最可恨坏人比咱能耐大，我还没下手呢，人家先把我收拾了。

十五岁之后，读了克鲁泡特金的书，还读了《震撼世界的十日》，总算找到门路了，只是我想，无政府伟大理想实现之后，无政府不就变成有政府了吗？那时候无政府的政府又接着做坏事怎么办呢？

拉倒了，我还是听孟老夫子讲《殷墟书契》吧。

朝闻道夕死可也，原来联合政府可以救中国，我吃下定心丸，从此，我一心只想着联合政府的事了。

一夜时间，我把联合政府读完了，第二天又读了一遍，越读越兴奋，越读越来劲，心想，这次中国有希望了，光明的日子就要来到了。莫怪战争打得这样紧，就是为了尽快建立联合政府。

下一个星期，又赶上孟老夫子讲课的那天，我第一个走进教室，等那个塞给我书的旁听生，没等多少时间，那个旁听生来了。

我问他：还有吗？

他又给了我一本，很薄，好多篇文章，回到宿舍打开，头一篇《中国社会各阶级分析》，茅塞顿开，原来建立联合政府之前，一定要弄清楚谁是我们的朋友，谁是我们的敌人，连敌人朋友都闹不清楚，联合谁呀。

渐渐地和这位旁听生成了朋友，他告诉我，他叫马克。这名字好，比马克思少一个字，三分之二的马克思。由此我也想改名字。我崇拜列宁，列宁的全名叫符拉基米尔·伊里奇·乌里扬诺夫。我改名叫林符拉，不好听，叫林乌里，叫着绕嘴，不行，还是改个偶像，我崇拜托尔斯泰，叫林托尔，也不好听，拉倒了，还是叫林希吧，一听就是中国人。

……

学校里有许多学生组织的社团，但自从1948年春天开始，时局紧张，学校里国民党，三青团，中统军统，蓝衣社加紧活动，所有的学生社团都被勒令停止了。其中有以我为首的“老黑奴读书会”，有以夏里亚宾为首的“威尼斯合唱队”，还有不知政治为何物的“六祖禅院”，“禅院”已经冷冷清清，只留着门外一副楹联：“风声雨声读书声，声声逆耳；国事家事天下事，事事伤心”，颇是清高也哉。

学生社团引起三青团、中统特务的注意，一天学校贴出布告，明令一切学生社团停止活动，连几个骚女生玩同性恋的组织“海伦城堡”都被取缔了。

学校当局取缔学生社团可以理解，学校里任何看似业余学好的组织活动，背后都有激进色彩，国民党要完蛋了么，自从日本一投降，中国人就在思考未来中国之命运，稍稍有点头脑的人都能够看清楚，国民党不行了，连美国人都认为国民党没有希望了，大家都说共产党肯定要胜利，只是谁也没有想到共产党胜利得这样快，当时，连我这样的狂热青年，也估计共产党要取得胜利，至少五十年。

共产党么，就是创造奇迹的党，什么史无前例的奇迹都可能创造出来。

这话，说远了。还说学校里的事情吧。

学生社团被勒令停止活动，激进学生被国民党势力看得死死的，急来抱佛脚，只能从校外引进激进力量，在学生中开展工作。如此，旁听生突然多了起来，莫说是孟老夫子的“殷墟书契”课，连名声极坏的 PP 教授讲“权与能”，教室里都站着旁听生，吓得 PP 教授不敢进教室，以为学生要揍他。

这里做一点小小的说明，什么是“权与能”？“权与能”是“三民主义”的一个课题，权，我有钱，有钱就有权，坐车，而且坐人拉的胶皮车，拉车的人夫“能”拉我，二者都合法，并不存在平等与不平等的关系。到了哪一天，你没钱了，不行了，就像本人一样，到了后来也拉车了。那时候队长在旁边吸烟，咱一点脾气也没有。他有权，咱不是“能”吗，如果不是早年受过这点教育，早气死了。

所以，早期教育是非常重要的。

马克老兄火眼金睛，被引进学校开展工作，先向我了解情况，马克问我校内各种社团的成员情况，我向他介绍说，我们老黑奴读书会的成员都是激进青年，人人相信国民党政权必定完蛋，老蒋不亡，实无天理，这些人绝对值得相信。威尼斯合唱队，成分比较复杂，为首的夏里亚宾，半个神经病，其实他五音不全，但自认为可以媲美俄罗斯男低音歌唱家夏里亚宾，合唱队里的歌手，也是醉生梦死，他们才不管什么国民党共产党谁胜谁败呢。“六祖禅院”绝对激进组织，别看几位仙风道骨的神经病坐禅，学校里许多传单，据说都是他们散发的，三青团盯他们可是下了功夫了。再有“海伦城堡”，城堡主人是哲学系三年级学生，芳名任敏，人称“两条人命”，学校第一丑女，同学们奉送她绰号“两条人命”，从背后看，爱死一个人，从前面看，吓死一个人，所以绰号“两条人命”，纠结几十个美女学生，标出海伦的美名，有人说这帮小姐玩同性恋。不过，她们和男学生关系极好，三青团，中统特务，蓝衣社，四维学馆的狗食，常参加她们的活动去吃豆腐。一次，“两条人命”在舞会上小声对我说，你们老黑奴读书会已经受到校方注意，要选些没有色彩的书研究，由此我们才读了两个月的乔伊斯（自然，是英文原版），怎么读也是不懂，最后大家闹得吃饭都没胃口了，吃嘛嘛不香。

最后，1948 年 10 月一天，马克带我去东马路费家胡同四号，走出学校，走进城区，找到地方，敲开院门，出来开门的是一位老女人，显然是佣人，女佣人引我走进楼内，走进一间客厅，又给我送来茶水，然后就将我一个人留在客厅里了。

等了大约半小时，从楼上走下来一个人，抬头一看，我的天，险些吓得我喊出声来，你们谁也猜不到，竟然是“两条人命”大学姐任敏从楼上走下来了。

两条人命姐姐坐在我的对面，极是知心地对我说，国民党注定完蛋了，在时代交替的历史关头，青年人要做出明智选择，革命事业胜利发展需要大批革命人才，你林希小弟又是青年精英，希望你早早走上革命道路。

两条人命姐姐更对我说，今天晚上有一条船，可以送我到河北省的一处地方，是什么地方，不必问，到那里学习什么，自然也有安排。

两条人命姐姐还嘱咐我许多注意事项，第一，上了船，无论看见谁也不要打招呼，路上不得和任何人说话，别东瞧西望，不许看书，不许唱歌。当然，“方便”是可以的。

我说，两条人命姐姐，你就别说绕脖子话了，参加革命是我最大的愿望，我去，我早就想去了。

就这样，我毅然决然参加革命去了。

后来，我才知道，南苑大学共产党地下组织决定第一个将我输送参加革命，倒不是因为我对革命胜利可能做出什么贡献，是因为我惹了一场祸，晚走一天，就可能有生命危险。

我能惹什么祸呀？

这要从孟老夫子和孟露的事说起。

1948年夏天，被老蒋扣在南京的张校长以校长名义发来一封信，动员全体教授立即南迁，不能等共产党接管。指令信第一个寄给孟老夫子，要孟老夫子带领全体教授南迁。

孟老夫子接到张校长指令，晚上和找他来谈禅的六祖禅院禅主许人呆商量，许人呆哲学所三年级学生，身体不好，极瘦极瘦，绰号三期肺病，看着大病在身的样子。三期肺病平时总来向孟老夫子请教关于禅学上的学问，孟露小姐在孟老夫子身边工作，自然和三期肺病也认识。

孟老夫子拿着张校长的信给三期肺病看，三期肺病还是他一贯的做法，不吭声，不表态。

张校长给孟先生的信，孟先生自己做决定吧。

哎呀，你这个人真是没办法，孟先生既然将信拿给你看，自然想征求你的意见。

孟露小姐在一旁说。

我能有什么意见呀，说到时局，孟教授应该比我清楚，国民党就要崩溃了，这时候谁肯去为他殉葬呀。

一句话，孟老夫子做出决定，坚决留下，迎接新时代。

孟教授德高望重，不光自己留下，还要联合全校教授一起回绝张校长的指令。

许人呆开始出谋划策了。

对，孟老夫子更做出决定，动员全校教授一起留下准备迎接共产党进城。

好，你来帮我写一封信，号召全校教授留下，迎接新时代。

孟老夫子向他的助手孟露小姐说着。

我古文底子不行，许人杲同学执笔吧。

不行，不行。

你想许人杲能干这种事吗？

最后还是孟露代替孟老夫子写了一封致全校教授的公开信。

自然，许人杲最后看了孟露的草稿，还做了一点小小的修改。

信写好了，就要到各家去征集签名。

受孟老夫子委托，孟露进城去征集另外五位教授的签名。

从南苑大学到城区，有四里地的荒芜土路，不通车，那时候天津市内交通只有有轨电车，距离南苑大学最近的电车站在法国教堂，身体好的青年人，要走两个小时。兵荒马乱，从南苑大学通市区的道路没什么人，孟露一个人进城，孟老夫子不放心，孟露说，我自己找一个可靠的人吧。正好，那天中午我站在布告牌前看通知，希望四维学馆发通知有活动，自然也就有好东西吃了。

“喂，小学弟。”背后传来孟露娇滴滴的声音。

孟露认识我，讨厌我的时候叫我小无赖，有事求到我的时候，就叫小学弟。

“没事儿?”孟露问我。

“有事?”我向孟露问着。

“陪我进城走一趟。”孟露爽快地说着。

哟，孟露小姐让我陪她进城逛街。王宝钏扔绣球，居然被我接住了。和孟露小姐一起走在市区大街上，一旦被我们家人碰见，譬如叔叔舅舅呀，嘿，林希这孩子真有出息，才读大学二年，就搭上天下第一美女了，将来必有大出息。

二话没说，跟上孟露就走出了校园，孟露也不说去什么地方，反正有孟露在身边，无论什么地方都是伊甸园。

美!

走过几里荒芜道路，走到八里台，沿着一条臭河往前走，走到法国教堂，登上绿牌电车，劝业场下车，我还想往前走，再走一段，前面就有电影院，孟露小姐发善心，进去看场电影吧，后面不就有戏了吗。

到了。

到什么地方了?

旧英租界，明仁里，敲开一幢小楼，仆人迎进去，客厅里，史学所郑先生正在读书。

孟先生派你来的?

孟先生派我来交给您一封信。

知道，知道，就是六教授声明吧。我签我签，国民党反动政府终于到了崩溃的一天，谁还会跟着它往坟墓里走。

我才知道，孟老夫子起草了一份六教授声明，拒绝南迁，孟露小姐进城找郑先生签名，我呢？小毛驴，不骑，牵着带路。

从郑先生家出来，又去了何先生家，天时不早，明天再来吧。

明天，我还当小毛驴儿。

第二天，下午，我早早地在校园大门等孟露，心有灵犀一点通。打过招呼，一点头并肩走了，直到现在我还后悔，怎么傻到这个份儿上，牵着手走呀，也是需要呀，掩护么。

快出校门时，遇见一个王八蛋，魏敬明不怀好意地看了我一眼，生气，吃醋。小子，就是要让你看看，唉，那天若是牵着手走，就更来劲了。

晚上回来，校园里朦胧一片，路灯亮着，电压不足，昏昏暗暗。走进校园，人家孟露抢先一步，将我甩开了，我也不想追，一路上没什么“动作”，回到学校更没戏了，我也累了，慢慢地在远处跟着，眼睛还向布告栏瞟，四维学馆若是有活动，现在去还不迟。

“站住！”前面传来一声喊叫。

抬头看过去，魏敬明站在孟露对面。

远远的，我也站住了，担心他对孟露小姐使坏。

孟露不说话，停住脚步等着看魏敬明要做什么。

做什么去了？

你管不着。

哟，好大口气，这南苑大学还有我管不着的事？

孟露不说话了。

把书包拿过来。

孟露自然不会把书包交给魏敬明，那里面有六位教授签名的六教授声明。

交给我！

魏敬明恶凶凶地喊着。

这时候，我应该怎么办？

后悔，后悔，少年时我不是没学过铁砂掌，少林拳呀什么的，都没练好，好歹我有点本事，这时候一个箭步蹿将过去，先一个铁砂掌，再一个扫堂腿，一拳封上王八蛋的眼，再一套组合拳将王八蛋打翻在地，英雄救美，在校史上留下美名。

偏偏我不行，我能写诗，这时候才知道诗原来还不如一个臭驴屁，毛驴放个屁，魏敬明还要回头看看，我朗诵一首抒情诗，拜伦写的，魏敬明理也不理。

舍出性命也要救孟露脱离危险。

我这点小聪明还是足够用的。

正看见理学所的七狼八虎在路边踢球。

喂，你们追我，拿出狗追兔子的劲头追我。

七狼八虎，铁哥们儿，立即就喊着叫着跑了过来。

拦住他，拦住他。

我就发疯地向前跑，绝对百米速度。

拦住他，拦住他。

三步五步我跑到魏敬明身边，一把抓住魏敬明，躲在魏敬明身后，拉着魏敬明打转儿，借他的身体挡住七狼八虎的追赶。

七狼八虎还是追上来了，一左一右，将魏敬明夹在中间，从两侧抓住了我。

你们为什么追我？我恶凶凶地问。

你为什么跑？七狼八虎恶凶凶地反问。

你们追我，我能不跑吗？

你不跑，我们能追你吗？

把魏敬明小子玩儿了。

魏敬明站住脚，对面的孟露早不知道哪儿去了。

社会局接到密报。南苑大学共产党行动小组负责人林希，胁迫孟教授拒绝南迁，并草拟六教授联合声明草稿，携带武器去六教授家逼迫签名。云云云云。

南京调查局下达指令：修理他。

许人呆得到消息，让马克引我去东马路费家胡同四号，逃出这场大难。

我参加革命的故事，一天两天说不完，唯一要说的，是从此之后，我再也没有见到我的革命引路人——马克同志。

五十年后，再见到马克同志，他已经得到平反，恢复党籍，享受正局级待遇，正等待安排工作。此时，他已经离开烟酒公司，原来他在那里的食堂做帮工，马克老兄告诉我，他烧的葱香茄子，很得大家欢迎。

马克这样的革命经历，对革命做出过那么大的贡献，怎么混到去烟酒公司当伙夫呢？别是他犯了什么错误吧，右派、婚外恋、受贿、二奶？

都不是。

说起马克同志这些年的经历，真是让人太痛心了。

2

马克原名齐富成，乡巴佬的名字，对了，他就是乡巴佬，原籍河北昌黎，齐姓是河北冀东第一大户，出名的好汉齐燮元，做过大官，曾任江苏督都，打过几仗，当过国民军的副总司令。在河北冀东一带，下馆子，吃完饭对伙计说“俺姓齐”，掌柜不敢向你要钱。

就这么牛。

齐富成和齐燮元没有任何关系，就是同姓，他老爹倒是个读书人，算得是乡贤了，在乡下办教育，曾经就任昌黎县立第一两级完全小学校长。

知道什么是两级完全小学吗？

两级者，初级、高级者也，那时候，小学指的是初小四年，初小四年毕业，可以进城学生意，可以考取警察，得到提升，可以做官，河北省的一个副省长，就是初小文化程度，做官后深造，进了蒋经国的江西干校，半年时间，得了个博士头衔，一下子文人身份了。

齐富成老爹，正儿八经的读书人，经史子集，博览群书，曾经写文章批驳胡博士谬论。胡博士海量，没生气，还礼贤下士，亲自到昌黎来向老爷子请教，齐老爷子因受胡博士造访扬名天下，由此被延聘为县立两级完全小学校长，没有工资，每天到学校来，自己带午饭，午饭也很简单，两只大饼子。

齐老爷子膝下有一个宝贝儿子，就是后来的马克同志，马克同志小学毕业时已经通读过齐老爹子家里的所有藏书，只是可气，无论读过哪本，他都认为是瞎说，没有一本中国书被后来的马克同志看作是真理的。气得他老爹骂他混账：你懂个屁，老祖宗留下的学问，说的不是真理，中国能繁衍生息千年不衰吗？中国人写的书不是真理，哪里还有真理？日本人如今强大，占领了大半个中国，日本的文化哪里来的？中国！

无论齐老爷子如何教导，后来的马克同志也是听不进去，直到后来的马克同志考进昌黎第二师范学校，老爷子才放心也许儿子从此可以安心读书了。考进昌黎第二师范学校，可是一件大事。河北省的昌黎第二师范学校不仅在北方大大的有名，连江南许多激进家庭都送孩子北上来昌黎第二师范学校读书，这所学校出过许多大学问家，不光是学问家，更出过许多救国救民的精英，国民政府里面有一个昌黎帮，老蒋想办什么事情，都要先得到昌黎帮的认同，昌黎帮一起哄，半个中国瘫痪。

马克同志在昌黎第二师范学校读书的第二年，一个偶然机会，在自己床下发现一本书，奇怪，床下怎么出来书了？一定是有人放到褥子下面的，书不厚，封面也没有字，马克好奇地打开书本，头一行字："一个幽灵在欧洲游荡"。

《共产党宣言》。

哎呀，马克可发现讲真理的书了，每一个字都是真理，一口气，马克将一本《共产党宣言》读完了，没睡着觉，借着窗外路灯的微光，又读了第二遍，第二天天明，马克托词身体不适，没去上课，躲到操场后面的角落里，又读了一遍。到了第三天，一本《共产党宣言》已经熟记在马克同志的心里了。

此时此刻，要说说马克同志的特异功能了。

马克同志，那时候叫齐富成，自幼聪明过人，他老爹教他古文观止，一篇文章，只要读上两遍，第三遍就不必看书了，吓得他老爹直翻白眼，“你小子真行?”

不信，就试试。

试试就试试。

这一试，他老爹连白眼都翻不过来了。

《史记》孔子世家，够长的了吧，读了三遍，虽然没有背下来，至少他能把老孔家世世代代嫡系传人背得一清二楚。他老爹服了，好好读书吧，将来有你的。

齐富成读《共产党宣言》中了魔，三天之后，倒背如流，从此心中充满光明，绝对相信“唯新兴的无产阶级才有将来”，坚定信仰之后，他毅然改掉原来的封建名字，做马克思忠诚信徒，更名为马克，三分之二的马克思。

齐富成同学改名为马克，是从宿舍开始的，学生宿舍一间屋住八个学生，同室的七个人从齐富成同学一宣布更名，再不叫他富成，立即叫他马克了，“马克，你该洗洗脚啦。”“马克，把钢笔借我用一下。”

听同学叫自己马克，马克心里一阵暖流涌上来，果然热血沸腾，觉得自己和革命已经没有距离了，而且马克思主义已经融进自己的血脉，再抬起头来看世界，对外界的感觉也不一样了，看出人的本质来了，谁是激进者，谁醉生梦死，谁胸无大志，似是都写在脸上，只有自己全身透明，通体赤红，虽然还没有照亮世界，至少自己心里充满阳光。

有信仰的人是幸福的。

第二天，马克的名字传到班里。

高等师范三年级，全班三十五位同学，从齐富成改名字的第二天开始就叫他马克同学了。到了下午，马克的名字从三年级传到二年级，到了晚上，全校学生都知道齐富成改名字叫马克了，受齐富成改名字的影响，当晚许多学生也开始改名字，崇拜希特勒的，改名字叫希特，崇拜托尔斯泰的，改名字叫托尔，一时之间，王希特，李托尔，出了一大堆。

改名字本来玩笑事，年轻人么，崇拜偶像，但是，这些孩子忘了是什么时代，尤其涉及主义，那就不是好玩的了。

就在马克改名字的第二天，晚上，马克同学正在教室里上晚自习课，书桌上放着一本物理，书桌下面藏着日本人写的《戏剧资本论》，马克读得正入迷，就听见有人在外面敲玻璃，马克抬头向外张望，玻璃窗外面，黑暗中出现一位女同学的面影。马克感到奇怪，自己在学校一心读书，从来不和女同学来往，除了功课上的事情，从来没和女同学说过一句话，这位女同学何以站在院里敲自己座位旁边的窗子呢？

马克再仔细看，认出了敲窗子的女同学，也是二年级学生，孙惠兰，一个很俗很俗的名字。和自己同年级，不同班，相貌平平，平时不被男学生注意，学校里那些混账男学生，看也不看她一眼，因为相貌不出众，这位女同学也不和男同学来往。

奇怪，她为什么事情找自己呢。

马克看了窗外的孙惠兰一眼，立即又低下头读书，谁料，窗外的孙惠兰又敲敲窗子，还向马克使眼神儿，暗示他出来一会儿。

马克明白了。

一定是这个丫头对哪个男学生有了好感，让自己帮助她传信儿，马克和孙惠兰是一个镇里的同乡，一次春节回乡，乘车出了昌黎，两个人还搭伴走了七八里路，路上孙惠兰说得没完没了，马克不爱搭理她，好在孙姑娘脾气好，马克不吭声，孙惠兰还是说得没完。

孙惠兰如此急着找自己，能有什么事情呢？天已经晚了，有什么话明天说不行吗。

这个臭丫头，天知道心里惦着谁呢，请自己传信，拉皮条，真不要脸。

别别扭扭，马克走出教室，绕到教室后面，孙惠兰正站在那里等自己呢。还没容马克询问她有什么紧急的事，孙惠兰先紧张地四处望望，然后小声地对马克说：“明天天明前，头遍鸡叫，校门外有一个挑筐卖菜的农民等你，他引你出城。”

马克心里一阵热血沸腾，革命找自己来了，一定是自己改名马克的事情革命知道了，立即派下人来引自己去投奔革命，好男儿当立志救国救民，参加抗日斗争，我以我血溅轩辕。

看着孙惠兰神秘的样子，马克此时才明白，这个孙惠兰一定是共产党的地下，哎呀，自己真是有眼不识泰山，平时只看着人家姑娘相貌平平，谁知道人家竟然是革命战士，一瞬间孙惠兰在马克眼里变成天下第一大美女了。

“你呀你呀。”不等马克询问明天挑筐卖菜的农民要引自己去什么地方，孙惠兰先小声埋怨地说道：“都怪你改了个惹是生非的名字，训育主任已经把你列上黑名单，递到宪兵队去了。”

记住联络信号，学校门外，面朝东，坐着一位卖菜的老农，地上两个空菜筐，菜筐上横着一条扁担，老农坐在扁担上，手里拿一根烟袋。你走过去问：“菜都卖光了?”农民回答：“想买菜，明天早些来。”然后农民站起来，说一声“回家喽!”你就跟着他走，再不许说话。

记住了，记住了，革命就是如此浪漫。

天上，东方的晨曦刚刚升起，地上，前面摇动着卖菜农民的身影，不远处，一个青年人匆匆地跟着走，远处传来晨鸡的啼鸣，城里安静异常，只有宪兵队巡逻的马蹄声嘚儿嘚儿作响，日本宪兵队从青年人身边走过，恶凶凶一双眼睛向路人看着，但他们什么破绽也看不出来，只得怏怏地走去，走过去还回过头来张望。

一个青年，走上了革命的道路。

只有这个青年，记住了这个不平凡的早晨，多少次，天亮前走过城里的街道，没有任何感觉，只有今天清晨，这条街道才成为走向光辉未来的道路，成为决定一个年轻人一生命运的道路。

说完，孙惠兰看看附近没人，悄悄地走开了。

这一夜，马克激动得彻夜未眠，明天自己就是革命战士了，到了革命队伍，自己一定刻苦锻炼，早日学好杀敌本领，平时教革命战士们读书识字，参加战斗，冲锋在前，不幸落到日本人手里，自己一定坚贞不屈，最后视死如归。

按照孙惠兰的嘱咐，马克躺在床上只等远方的鸡叫，睡不着，他真想把同屋的同学唤醒，告诉他们，你们的同学马克，明天就是抗日战士了。等着吧，解放昌黎县城的那一天，我会来看你们的，你们准备欢迎会吧。

这一夜好长好长，就像天再也不会放亮一样，窗外的月牙儿就是一动不动地挂在天上，存心推迟马克同志参加革命的时间，好在自然规律是不会改变的，天总是要亮的，公鸡总是要叫的，等着吧。

眼睛都瞪酸了，有同学夜起，马克怕被同学看出自己的异变，装作睡熟的样子，还轻轻地打了一声鼾，夜起的同学回来，蹦上木床，旁边的同学骂了一句，你要死呀，两个人一起又睡着了。

万幸万幸，他们睡着了，否则过一会儿鸡叫头遍，自己悄悄离开宿舍，万一被他们发现，事情就麻烦了。

公鸡唱过头遍。马克匆匆穿好衣服，看看没有惊动同学，闪电一般溜出宿舍，一溜烟出了校门。好在昌黎第二师范学校的校门彻夜开着，有的同学离校远，早早出来，半夜就进学校，走进教室，再打盹。还有的教师，夜里给学生补习功课，三更半夜离开学校，所以学校大门永远是开着的。

走出校门，果然一位卖菜的农民坐在扁担上，面朝东，马克悄悄走过去，农民也不抬头。

“菜都卖光了。”

“想买菜明天早些出来。”农民站起来，哼了一声“回家喽”，便自顾自地走了，马克跟在后面匆匆地走着。

革命该是何等的浪漫！

天上，东方的晨曦刚刚升起，地上，前面摇晃着卖菜农民的身影，不远处，一个青年人匆匆地跟着走，远处传来晨鸡的啼鸣，城里安静异常，

没有遇到巡逻的日本宪兵，更没有遇到同学，马克匆匆地

走着，走上了革命的道路。

走在前面的农民，秃嚓秃嚓的脚步声，马克听着像是前进的号音，一声声地呼唤着一个年轻人奔向光明，后面，马克的脚步声更是令人激动，一声声像是前进的乐曲，敲击着黎明前的大地。

走到距离城门不远的地方，前面的农民停下脚步，回过头来向马克招手，马克走上去，农民还是不说话，只把自己身上的破棉袄脱下来，让马克穿上，还把自己挑着的菜挑子交给马克，看着马克像是一个卖菜的农民了，前面的农民才又在前面走了起来。

昌黎县城，日本兵把守城门，城门左侧两个日本兵，右侧两个日本兵，凶神恶煞，恨不能把出城进城的中国人都杀死。

一步步向城门走过去，马克知道脚步不能犹豫，绝对不能被日本兵看出破绽来，正想着过城门的对策，突然走在前面的农民回过身来，向马克狠狠地踢了一脚，马克还没有明白农民为什么踢自己，农民便破口大骂，我打死你个小王八蛋！打着、骂着，农民小声提示马克“你打我呀！”

立即，两个人揪了起来，一起出城的农民过来拉扯，别打了，别打了，都是一个村里的，有话回去说。

呼啦啦，一群人围着打架的两个人，混出城门去了。

高智商的中国作家总是把日本兵写成大傻帽，譬如娶媳妇的花轿里坐着武工队长穿过封锁线呀，出殡的棺材里藏着机关枪出城呀，等等等等，日本兵什么也看不出来。今天昌黎县城把守城门的日本兵，看着十几个卖菜的农民，打着骂着走过来，更挤成一团混出城门，难道他们一点也不怀疑？

绝对大傻帽，若不怎么无条件投降呢。

混出城门，那个领自己出城的农民在后面小声地向马克喊了一声："快走！"喊声未落，一声枪响，日本兵从后面追了上来。

"站住，回来，站住，回来。"

马克没敢回头，只自顾自地快跑，幸好城外就是没膝的荒草，马克一侧身，蹲到荒草里去了。

又是几声枪响，有人在后面喊："俺是卖菜的！"

有人被日本兵抓住，重重的打人声，几个农民被日本兵带走了。

在荒草里蹲了好长好长时间，路上安静下来，城门那里也没了声音，一场动乱已经过去，马克身上暖暖的，太阳出来了，披着一身光明，马克悄悄从荒草中走出来，路上一个人影也没有了。

那个带自己出城的农民不见了。

不至于被日本兵抓回去了吧？

一起出城的农民，一个也看不见了。

马克东瞧瞧，西望望，知道这里不是久留之地，要远远地离开。

只得背向昌黎城，马克沿着道路无目的地走着。

革命在哪里？引路人在哪里？

革命将马克扔在路上了。

心里一片茫然。立即马克身上一点力气也没有了，早晨那股兴奋劲荡然无存了。眼前摆在马克面前的严重问题是到哪里去。回学校？不可能了，说不定自己才溜出学校，日本宪兵队就抓自己来了，回家？更不可能，日本宪兵队来学校没有抓到自己，一定要去家里抓，无论回学校还是回家，都是自投罗网。

走吧，只能向前走。

走过一个小村子，村边有一眼井，喝了半桶水，还在地里掰了一个棒子，生啃了。马克第一次偷东西吃，他想留下一个纸条："爱国青年马克于投奔革命途中，借食阁下田中玉黍括号玉米一只，抗日战争胜利后，持此证到中国政府按市价十倍领取酬谢，此证。后面要有革命口号，打倒日本帝国主义，起来！不愿做奴隶的人们。"但是，没有笔，没有纸条，拉倒了。

让农民骂吧，哪个牲口偷棒子吃了。

冀北农村的乡间道路，弯弯曲曲，道路两旁庄稼中间，永远飘着一股黄土烟尘，在碧绿的大地间画出一条曲线。道路上没有人影，冀北农村也怪，人们从来不离村，偶尔看见一个路人，庄稼地里就会钻出孩子向路人张望，孩子也不敢和路人说话，看着路人走远了，再钻回青纱帐，大地又是一片宁静。马克走了很久很久，连个孩子也没有遇到，就是一个人走在乡间小路上，走得人提心吊胆，幸亏冀北大地没有凶兽，若有虎狼，不必走多少时间，早被虎狼吃掉了。

去哪里呢？马克心里一片空空荡荡，回学校，找到孙惠兰同学，断了联系怎么办，孙惠兰没有向自己交代。革命在哪里？黄尘滚滚的道路上没有路标。

远远地听到火车声，知道离铁路线不远了，只是不敢往火车站靠近，日本宪兵凶得很，平白无故，一个学生模样的青年乘火车做什么，先抓进宪兵队，休想活着出来了。

饿呀。

还是走进了个村子，村子不大，几十户人家吧，偏偏听到了读书声，有一家私塾，里面有几个孩子嗡嗡地读书，乡间私塾不至于有日本宪兵队吧，马克小心地向私塾破房子走过去。

脑袋瓜子越来越重，后来的事情，马克就不知道了。

私塾先生姓齐，谢天谢地，活该马克不死，遇见本家人了。

马克醒过来，私塾先生问过几句话。孩子，这里不是躲避的地方，私塾先生怎么知道马克是逃出来的？

那时代，好歹明白点事情，谁看不出些眉目来呀，一个学生模样的孩子，只身一人饿昏在私塾课室窗外，醒过来，一双眼睛充满恐怖，问什么话也不说，只咕咚咕咚喝了一大碗水，接过饼子，狼吞虎咽地吞下肚里，吃过之后才说了声谢谢，还要站起来鞠躬。

问了许久许久，马克才回答说自己姓齐。

一家人呀，天下齐姓无二家。

孩子，我也没有办法帮助你，你走吧，乡下偶尔也来日本兵，我给你几个钱，你到天津去吧。那地方好混，咱们齐姓人家有人在天津开刻字铺，你到那里学徒去吧。

学徒，革命者以天下为己任，刻字算什么使命？

只是没有办法，革命者走投无路，也得先找个安身之处。

天津南马路，好几家刻字铺，其中一家手艺人姓齐，一个人刻字，一个人经营，又是手艺人，又是老板，正好老家亲戚送来一个孩子，毛笔字写得不错，还会写梅花小篆，头一天套上围裙，第三天就刻出图章来了，给一家字号刻了两个字：收讫。

《共产党宣言》里没有“收讫”二字。

天津这样大，一定有共产党暗中领导抗日斗争。

马克留心马路上走着的每一个人，人人都不像共产党，又人人都像共产党，一个人提着鸟儿笼，优哉游哉地在马路上转，你说他是不是共产党，他鸟笼里说不定就有情报，可是越看越像日本特务，在马路上转，就是观察来往人等，看着谁东张西望，一努嘴，立即就过来人把他带走了。

在天津，千万别轻易相信什么人。

看着血气方刚，其实刚吸完鸦片，听着慷慨激昂，其实卖的是野药，祖传秘方，专治小肠疝气。天津这地方呀，学问大啦，老朽全须全尾能混到今天，不容易呀。

人在曹营心在汉，革命者马克同志一心要寻找共产党，人在刻字铺里混饭，眼睛向街上瞟来瞟去，刻字铺掌柜也不是吃干饭的傻帽，他看这青年坐在刻字桌前，面向大街六神无主，心不在焉的神色，自然就起了疑心。

孩子，你只身漂泊来到天津，别是寻找什么人吧？

刻字铺掌柜猜想，这孩子一定是到天津来寻找他的相好，如今乡下的事情难说，说不定这孩子在乡下的相好，被人拐卖到天津，这孩子痴情，一心要找到青梅竹马的女子，于是才在刻字铺安身，终日东张西望，想在过往行人中发现失散的亲人，然后两个人化蝶而去，浪迹天涯，终其美好一生。

孩子，不容易呀，天津这地方，你能在大街上拾着一只大元宝，你却找不到一块整砖，天下事，历来就是可即而不可求的，有句话“踏破铁鞋无觅处，得来全不费功夫”，别东张西望了，一心用在刻字上，学好了手艺有饭吃，再说刀子也快，一不留神割掉手指，下半辈子就苦了。

马克既不争辩也不解释，还是手里拿着刻字刀，眼睛时不时地向外张望。

不可能，天津这么大的地方，不可能没有共产党，你看报上天天消息，今天缉拿到共产党人士，明天破获什么秘密活动，再看马路上日本宪兵队的警车嗷嗷叫着跑来跑去，难道就是出来兜风的？

不可能，天津不可能没有共产党。

天下无难事，只怕有心人。

只要你对革命一心一意，最终一定能找到共产党，走上革命道路。

刻字铺老板没有办法，干脆，把刻字的桌子倒过来，让马克背向窗子、面向墙壁干活，他早就发现对面马路上有不良女子向窗里的马克飞眼神，只是马克这孩子痴呆，遇上坏孩子，早勾引走了。

找不到共产党，马克誓不罢休。

哪里有共产党？自己怎么知道共产党的？书。对，自己是从读《共产党宣言》知道共产党的，想投奔共产党的，一定想读《共产党宣言》。

马克工余时间逛到天祥商场，天祥商场是天津一家大商场，六层楼，吃的穿的玩的，什么都有，最最有名，二楼上百家店铺，专卖旧书，人说，什么书都可以在这里买到，报上文章说，一位老学问家，多年寻找一部古籍，据说这部古籍世间只有两部，您猜怎么着，他竟然在天祥商场买到了。

天祥商场旧书店什么书都卖，能没有《共产党宣言》吗？

好了，从此马克有时间就往天祥商场跑，什么吃的用的都不买，进了天祥商场就往二楼跑，跑上二楼，一头钻进旧书铺，一家一家地逛，一本书一本书地翻，眼睛四下里瞟，等着来买《共产党宣言》的革命者。

一连跑了两个月，什么也没有发现，没有发现《共产党宣言》，也没有发现来买《共产党宣言》的革命人士。

不对，这样傻兮兮是寻找不到共产党的，日本占领下的天津商场，能有人来公开买《共产党宣言》吗？能有人询问书店掌柜卖《共产党宣言》吗？幼稚，太幼稚了。

苍天不负有心人，一天，马克终于发现了一个秘密。

天祥商场二楼，一家小书铺，一个人，像是买书的人，读书人的打扮，斯斯文文，面向书架站着，什么书也不翻，双手背到身后，最最奇怪，背到身后的手掌里捏着一张老头票，1000 元。

别害怕，1000 元老头票，日本投降前夕的 1944 年，只能买一斤棒子面。那一阵，天津妓女将万元面值的老头票折成纸蝴蝶别在头发上，时不时电车上发生抢劫案，一把将妓女头上的老头票抓下来，跳下车就跑，被揪掉头发的妓女喊叫着也跳下车来追，马路上老百姓看热闹，破口大骂，浪货，活该！

觉着这位买书人可疑，马克远远地注意，这个买书人就是呆呆地立着，也不回头，也不翻书，背在身后的双手捏着千元老头票，似是等什么人。

暗号，联络暗号。

对于联络暗号，马克有过经验，从昌黎第二师范学校逃出来，使用的就是暗号。不必细问，这个买书人一定也是拿暗号来联络，一定和自己一样是寻找共产党的革命者。

看着看着，书铺掌柜似是漫不经心地走过来了，走到买书人身后，马克再看，刚才捏在买书人手里的老头票不见了，掌柜悄悄拿走了。

书铺掌柜捏过老头票，悄悄地走进后面的一间内室，挂着蓝布帘，掌柜一掀布帘，悄悄走了进去，一会儿时间书铺掌柜走出来，又走到买书人身后，神不知鬼不觉，将一本书塞到买书人手里。买书人感觉手里有了重量，看也不看书铺掌柜，蔫蔫地走了。

书铺掌柜将一本禁书交给买书人，脸不红、心不跳，一副怡然自得的神态，买书人拿到一本禁书，更是平平静静，转身踱着四方步走了。一旁看见这一景象的马克倒紧张得热血沸腾，马克的心“怦怦”跳得似擂鼓，激动得更是连气都喘不上来，联络暗号，马克知道许多革命书籍都是单线联系扩散出来的。散发革命读物的联络点，一定是共产党的联络地点，马克兴奋得几乎跳了起来，转身跑出书铺，干什么？他去换一张千元面值的老头票。

双手背在身后，手里攥着一张千元面值的老头票，站在书架前，目光呆滞，绝对不像买书的样子，马克留心掌柜的动作，果然没过多少时间书铺掌柜发现了马克，悄悄走到他的身后，哧溜一下，从马克手里抽走老头票，似是还嘟囔一声："唉，看着像个读书人。"随后，书铺掌柜走进那间内室，不多时，走出来，马克感觉到书铺掌柜将一本书塞到自己手里，似是什么事情也没有发生，书铺掌柜悄悄地走开了。

怀里揣着"真理"，马克心里热热乎乎，一口气跑回刻字铺，迎头正碰见刻字铺掌柜在铺里收拾，看见马克一脸兴奋的样子，掌柜还问："什么事这样高兴？"马克没回答，只在心里骂了一句："你懂个屁！你知道什么是人生最大的幸福吗？"

二话没说，马克回到自己房里，关紧房门，打开书铺掌柜塞给他的那本书，封面，河边月下，一对情侣相厮相拥。掩护，遮人耳目，往后面看，翻过一页，终成好事，第三页，洞房花烛，第四页，和合之好，第五页，鸳鸯戏水，第六页，老汉推车，第七页，敲山镇虎，再往下，霸王硬上弓。

小书很薄，最后一页："七十二式，乐趣无穷，君子量力而为"云云云云。

呸！

寻找真理的革命者马克，利用联络暗号买来一本书，两个妖精打架。

一甩胳膊，把禁书扔到地上，外面掌柜问："吗事？"

马克立即拾起禁书，一头跑出刻字铺，跑到公共厕所，幸好没人，使劲把"禁书"扔进茅坑里了。

……

1945年，日本投降，中国人民经过八年抗战，打败了日本帝国主义。

一心投奔革命的马克在天津住了一年多，报上每天都有共产党活动的消息，只是马克看不到共产党的踪影，如今日本投降，国土光复，回趟老家，至少可以找到当年救自己的孙惠兰，向她表明自己投身革命的愿望，她一定会为自己引路的。

而且，自己离家出走，走前连老爹都没见上一面，这几年不敢给家里写信，老爹为自己担惊受怕，也该回家看看去了。

稍事准备，马克登车回到冀东老家。

马克在昌黎城下了火车，穿过昌黎城，日本占领后期，大破坏，昌黎城一片败落，昌黎第二师范学校还在，只从校外经过，没有时间进去，直奔长途汽车站，买一张票，马克回乡去了。

马克老家距离昌黎县城几十公里，才坐进汽车，立即就被人认了出来。

你是齐富成？

你认识我？

看着你长大的，怎么认不出你呢？

你是九大爷。

你发财啦？

唉，白在外面躲了这些年。

发财了，发财了，看你气色多好呀，可怜你爹呀，能看着你回来，该多高兴呀。

你说啥？

哎呀，你还不知道呀，可怜呀可怜，说是从昌黎下来的宪兵队，去学校抓你，你跑了，宪兵队跑到乡间，把你老爹带走了，再没有回来。唉，乡亲说，齐大爷可是好人呀。

说着，陌生人眼圈微微地红了。

爹！

二年前，昌黎老家，日本宪兵队去昌黎第二师范学校抓马克，扑了个空，连夜赶到昌黎乡下，将马克的老爹“请”走了。请到宪兵队，也没受什么委屈，日本宪兵队再混账，还拿乡间小学校长当读书人对待。一个大佐出来和齐老先生谈话，给了他一支毛笔，给了齐老先生一张纸，出了个题目，“论马克思主义不适于中国”，齐老先生振笔疾书：“夫，马克思主义者，吾不知其所详也。不才只知，儒家教诲，君君臣臣父父子子，己所不欲，勿施于人，吾人更知，敬吾老及人之老，怜吾幼及人之幼，天下太平，世界大同，乃人间正道。大日本帝国主义推崇武力征服世界，寒儒不敢苟同也。马克思先生乃德意志人士，曾著有《资本论》一书，资本一说，历来为中国儒士所不齿，资本所为，不过贩贱卖贵而已，不足为读书人道之。"云云云云。

齐老先生东拉西扯，写得正高兴，宪兵大佐一怒之下，夺过齐老先生的纸笔，大喊一声，噔噔噔跑过来两个日本兵，一左一右将齐老先生架到屋外，突然第三个日本兵跑过来，大叫一声，举起大枪，一声巨响，一阵硝烟，齐老先生应声倒在了血泊里。

3

齐老先生惨遭日本特务杀害，尸骨未见，马克回到乡间，在自家茔园为老爹修筑了一座衣冠墓，看祖宗茔园的老人是齐家本族的一位远亲，爷爷辈，本族的爷爷告诉马克说，你老爹在世时置买下四十亩良田，你老爹遇害，地契存在我这里，如今你回来了，也了结了我的一桩心事。

本族爷爷将地契交给革命者马克，并劝告他说：你也别走了，将四十亩良田租出去，够你一辈子吃用，明年你就可以成家，虽说不算荣华富贵，至少可以过平安富裕日子了。

老人到底一个农民，不知道世上还有一种人将祖辈留下的良田不放在心上，马克对本族爷爷说，这四十亩良田我不要了，你愿意留着，就算是你的财产，你不要，就卖了，捐给本镇学校，也了断了老爹生前的心愿。

啊？世上有这样的事？四十亩良田说不要就不要了？

马克放弃老爹留给他的四十亩良田，一心投奔革命，发誓为天下穷苦人找到一条翻身的道路。回到家乡，他四处打听少时青梅竹马的朋友孙惠兰，还到孙家去过，孙家没了，老妈老爹都过世了，也不是被日本宪兵害死的，就是谢世了，活到七十多岁，死了。孙惠兰去了哪里？没消息，人们说，孙惠兰和马克一起考进昌黎二师之后，一直没有回来，有人说孙惠兰参加共产党，去了东北。也有人说，在城里见到过孙惠兰，身边走着一个大胖子，孙惠兰出嫁了，丈夫很有钱。

马克不相信，孙惠兰不是那种人，即使到了出嫁的年龄，她也不会嫁给有钱人，少年时，孙惠兰和马克一起，崇高理想，伟大信仰，献身真理，蔑视金钱。他们曾经一起发誓救国救民，一起梦想建立新世界，在未来的新世界里，没有贫穷，没有剥削，什么痛苦也没有，只有歌声，天上有小鸟，地上有鲜花，口袋里有钱，是干净的钱，工资、补贴、夜班费、误餐费、奖金、稿费、讲课费、国务院特殊津贴，不是肮脏的钱。

孙惠兰没有消息。

马克打听孙惠兰的消息，是要叙叙旧日的少年情谊，马克相信，孙惠兰一定参加革命去了，在昌黎二师，在日本宪兵队准备抓自己的前一天夜里，孙惠兰安排他离开昌黎县城，她一定和共产党秘密组织有联系，她一定是革命组织的成员，离开学校，她怎么可能出嫁成家，放弃自己的伟大理想呢？

找到孙惠兰，就走上了革命道路。

偏偏革命和马克捉迷藏。

回到天津，刻字铺关门了，刻字铺被国民党接收大员定为敌产。

刻字铺怎么会是敌产呢？说你是敌产，你就是敌产，刻字铺不是有一间门脸吗？不光是门脸房，后面还连着一套大四合院。接收大员到天津，庆祝舞会上爱上了一位舞女，这位舞女看中了这套四合院、外加门脸房。仔细一查，后面四合院主人参加过新民会，投靠占领军，敌产无疑。挨着附逆分子，或者是附逆分子的近邻，能不是敌产吗？一起没收，作为华北行辕物资清查办事处，门外挂上大牌子，舞女小姐搬进来，任命为办事处秘书，拿一份俸禄，还算服务社会。

马克失业了。

不要紧，饿不着。

天津卫，只要没有不良嗜好，不好吃懒做，不吸毒，不嫖娼，绝对不会饿死人。

有力气，吃力气饭，没有力气，吃文墨饭，好歹跑跑腿，动动嘴，支个招，劝场架，马路上遛遛，市场里逛逛，保证能混上当天的饭。

马克会干什么？

大光明码头上停着美国兵舰，美国大兵每星期下船，马克每到星期五就到大光明码头去找饭辙，美国水兵走下船来，两眼一抹黑，一句中国话听不懂，马克走过去，“Can I help you?”（我可以帮助你吗?）只要两个美元就能雇一个翻译，美国兵简直不敢相信，中国读书人太不值钱了。

别以为给美国兵做翻译都是引他们去嫖娼，有专门引美国水兵嫖娼的皮条客，都是孩子，看见美国兵走下舰船，一个孩子凑过去，“one dollar a beautiful girl”（一个美元一个漂亮姑娘），美国兵一喊 OK，立即跟着走了，这类美国兵不用翻译。

雇佣翻译的美国人，是舰船上的文职人员，这些人想了解中国文化，走街串巷，买纪念品，吃中国饭，这就用得着翻译了，而且报酬不低，赶上大方的，可能扔给你十几个美金。马克虽然靠给美国水兵当翻译混饭吃，但他对美国兵的恶行恨之入骨，对于美国兵，马克比对日本鬼子还要恨，日本鬼子杀人放火，可是日本鬼子到底还是个兵，见了长官敬礼，挨训时“哈依哈依”叫唤，日本鬼子之间不打架，走在路上不东倒西歪。美国兵，一群猴，无论是在舰船上，在马路上，一路走着一路号叫，不会好好走路，走着路打转儿，几个人一路走一路打逗，手里拿着酒瓶，走一步喝一口，这叫什么军队？混球儿。最可恨，不规矩，见了女人就喊“哈喽”，吓得中国女人四下里跑，他们追上来，哈哈地笑着，张开双臂就要拥抱。

娘的，一群王八蛋。

王八蛋的事太多了。

国民党接收大员到津，各界人士欢迎，沦陷八年，国土光复，终于看见亲人，中国人能不高兴吗？如何高兴，中国人优秀传统，最好的欢迎方式就是吃饭，一时间，天津所有大饭店夜夜满座，一桌饭至少几万元，燕窝鱼翅，天上飞的，地上跑的，水里浮的，什么山珍海味都摆上来了。抗战八年，艰苦卓绝，也应该补补了，接收大员个个肥得冒油，饭店生意火了，舞厅生意火了，房地产价位上去了，日本占领时期一幢小洋楼十万银圆，如今涨到几百万，接收大员个个置办房产，有人说，接收大员们离乡背井八年整，在天津买房是急着把老娘接到天津来，但是房子买到手，老娘没有接来，住进去清一色天津美女，唱玩意儿的，舞女，妓女，反正都是巾帼豪杰，美女们投靠上接收大员，不光住在小洋楼里睡懒觉，更积极投身实业，把定为敌产的实业接过来，立到自己名下，那些被定为敌产的实业就成了二奶们的产业了。

二奶产业发展极好，警察局规定市内电车必须安装除尘设备，电车后边拖着一把大扫帚，电车开起来，后面的扫帚将路上的尘土扫光，也是一大发明，这家专用扫帚厂，就是卫生局局长二奶的产品。第二项规定，全天津市民住房窗帘统一颜色，布料也要统一，夏天要挂蓝色窗帘，冬天换成红色窗帘，两种窗帘由公用局统一制作，制作窗帘的工厂厂主，是副市长级的二奶。

国土光复未及半年，全中国一片怨声载道，国民党腐败贪污，无官不贪，搜刮百姓，穷的越穷，富的越富，百姓真是活不下去了。

马克忧国忧民，虽然只身一人在天津飘零，但立志一定要走上救国救民的革命道路，各方消息传来，共产党早建立了革命根据地，马克摸不着投奔革命的道路，只是一个人干着急。

革命者马克多年寻找投奔革命道路，一直未得结果，心里着急也没有用，革命不会敲门找你来的。

好在日本投降，市面上激进书籍多了，马克读到了《西行漫记》，尽管书中的第四章被删掉了，到底还是知道了共产党的存在，随即又有几家激进书店开张，马克买了许多革命书籍，更买到了许多苏俄作家的小说，读过这些书籍，马克追求革命的意志更坚定，热情也更高了。

只恨没有引路人，投奔革命的道路渺茫，马克每时每刻注意市面上的变化，盼望能遇到一位引路人。

苍天不负有心人，马克终于找到投奔革命的引路人了。

消息说，近日学生游行，反内战，反饥饿，反迫害，官方报纸说，学生游行是受共产党鼓动，好了，有游行的地方一定有共产党，马克留心街上游行的学生，盼着能发现一位共产党。

那一天，马克走在南马路上，远远听见游行学生的口号声。

反对内战！

反对饥饿！

反对迫害！

浩浩荡荡，学生游行队伍走过来了。学生们个个情绪激昂、热血沸腾，挥着拳头，挥着双臂，喊口号。马克心里更是一片热血沸腾，一步走进游行队伍，口号喊得比学生还响，心情比游行学生还激动。

走进学生游行队伍，没有人问马克是哪个学校、哪个年级的，反正参加游行的都是热血青年，大家都是国家栋梁，互相挽着胳膊，相互牵着手，一起唱着激昂的歌曲，团结就是力量，团结就是力量！

走在游行队伍中，马克感觉自己活到今天才实现了人生价值。甚至于连身体都长高了，一身的力气，精神抖擞，热血沸腾，游行队伍最后解散，马克还舍不得离开，马克想一直跟着浩浩荡荡的队伍走下去，走进伟大光明的新世界。

举目向四周看看，围观的市民都在看着自己，他们一定以为马克是学生领袖，大家越是看马克，马克越得意，他真想向追随在身边的市民大喊："知道我是谁吗？马克。比发现真理的马克思少一个字，我叫马克，一心相信只有无产阶级革命才能拯救世界，知道你们为什么受苦受难吗？就因为这个世界罪恶深重，不革命人类就没有前途，中国就永远没有希望。"

再看看跟着游行队伍一起走的民众，马克心中一惊，情况不对，游行队伍两侧都有特务跟随，几个人歪戴着鸭舌帽，穿着黑布衣，没结纽襻，一副游手好闲的德行，特务，脑门上虽然没写明特务二字，但一看，就是特务。

马克没有丝毫惧怕，还向特务们挺直了胸膛，虽然没说话，却向特务们示威，有种的，你开枪，革命不怕死，怕死不革命，革命就是要以生命和鲜血唤醒民众。马克鄙视地向特务看看，特务倒没感觉，还跟在游行队伍后面走着。

再看看身边的学生，走在自己身边的一位学生实在不够精神，萎靡不振，穿一件洗得发白的蓝布衫，脚下一双破皮鞋，头发乱蓬蓬，戴着深度近视镜，看着像是三期肺病患者，马克并不担心自己会传染上肺病，他更赞赏这位同学的精神，只有精神可以战胜疾病，不要相信什么"三期肺病"，饱满的革命精神才是最强大的生命力量。

走着走着，围观的市民越来越多，走到市中心地区，围观的民众已经将近上万人了。

突然，马克觉得身边有一点小小的动作，有人突然从队伍中跑出去，马克举目一看，正是那个“三期肺病”跑到马路中央，举起胳膊，突然将手中的一叠传单向空中抛去，传单从高空飘落下来，市民们争着去抢，随即，“三期肺病”走回队伍，靠近马克若无其事地走着，还是无精打采的样子。

马克心中又是一惊，果然真人不露相，莫看一副“三期肺病”的样子，绝对是真正革命同志，别人都只跟着队伍走，只有他早早地准备了传单，走到市中心，撒传单，至于传单上写的什么，自然是反对国民党的内容。歌颂国民党还用撒传单吗？写点效忠党国的狗屁文章，登在小报上，还能得稿费呢。

马克正想和“三期肺病”说话，突然看见几个特务往队伍里挤，几个特务紧盯着“三期肺病”，明明是抓人的样子。

不好，必须保护“三期肺病”，万一被特务们抓去，很可能组织被破获，三期肺病也会受苦，只是特务们已经挤进了游行队伍，除非地上有个缝儿，三期肺病已经陷于特务的包围圈里，绝对不可能脱身了。

急中生智，马克想起了自己当年出逃昌黎县城的情景，来不及准备，马克身子一歪转过身来，狠狠地向三期肺病挥去拳头，“当”地一下，三期肺病晃晃身子，险些跌倒在马路上。

三期肺病被马克打了一拳，迷迷糊糊地不知道发生了什么事，还没容三期肺病还手，马克一把将三期肺病从游行队伍里拉到边道上，恶凶凶一双眼睛盯着三期肺病。眼睛里冒着凶光，马克向三期肺病大喊：“你踩我脚了。”

“对不起，对不起。”

“光对不起就完了，今天我非教训教训你不可。”

“当”地又是一拳。

“你可还手呀！”马克小声对三期肺病说。

“我打你个小王八蛋！”三期肺病喊了一声，扬起胳膊照着马克打了一拳，到底是三期肺病，拳头落在胸前，一点感觉没有，马克火了。你会打架吗？

马克和三期肺病揪在一起，马克拉着三期肺病想往胡同里钻。

站住！

马克和三期肺病一起被特务带走了。

学生们围过来，口号声震天响。

不许逮捕学生！

最后，马克和三期肺病还是一起被特务带走了。

4

1946 年本镇警察署署长吴汉卿在百姓间口碑颇好，他命令警察不得打人，吴汉卿说，打老百姓的棍子已经够多的了，警察一根哭丧棒也打不死人，不如讨个好人缘，无论百姓如何刁钻，只许好言劝告，凡打人者，就地除名。

吴汉卿更命令警察署对于学生要格外礼貌，遇有学生上街，警察只许维持秩序，即使发现个别触犯政治忌讳学生，也要以礼待之，以情感之，实在避不开，躲进公共厕所，千万不要惹学生。

如是，马克和三期肺病被带到警察署，一路上没受委屈，没有拳打脚踢，警察虽然凶恶，三期肺病再三争辩，警察们也只是说，有什么事情署里去说。

带到警察署，把马克和三期肺病关进了一间小屋，屋里阳光不好，不能读书，过道里有一盏灯，有人送过一次水，晚上还送来两个饼子。

不错了，警察署不是享福的地方，能够有水喝，有饭吃，绝对人道了。

依着墙壁，马克和三期肺病对面坐着，三期肺病不说话，马克不知道应该说什么，对峙了好长时间，马克看门外没人，又看看三期肺病似是没有睡着，这才小声地向三期肺病说道。

你撒传单也不看看环境，我早发现路边有特务了。

你说什么？

我说以后再撒传单一定要看好情形。

哈哈哈！

三期肺病哈哈大笑，笑声惊动了巡视的警察。

安静，安静，别人都睡了。

马克再不出声了，这小子和我装疯卖傻。

估计已经夜深了，马克睡不着，虚眯着眼睛看三期肺病，他也没睡，正在摇头晃脑地嘟嘟囔囔叨念着什么。

巡查的警察似是睡觉去了，走廊里听不见脚步声，看看三期肺病似是还没有睡，马克凑过去，小声在三期肺病耳际说道：

刚才对不起，拳头打重了，不是我欺负你，特务看见你撒传单，向你围了过来。

什么传单。

就是你扬胳膊撒到半空中的那一叠传单呀？

我？我？我？

三期肺病硬是和马克装糊涂。

哎呀，我救了你，你难道还不相信我吗？

马克目光里充满着真诚，三期肺病看了看，似是也觉着马克不像是坏人。

我知道，只要撒传单当时没被特务抓着，进了警察署就可以死不认账。当时我实在想不出好办法了，只好打你一拳，再把你从游行队伍里拉出来。明天过堂只承认咱两人打架，撒传单的事，和咱两人无关，是不是这个理儿？

马克还向三期肺病解释，谁料三期肺病突然哈哈大笑，一挥手打断了马克的话，盯着马克的眼睛说道：

这位同学，即是本校同窗，难道你不知道我是本校六祖禅院的主持居士许人呆吗？

啊，三期肺病终于报出姓名来了，原来他是学校六祖禅院的主持。

还是位居士。

明白了，越是标榜清高，才越是革命人士。

马克正琢磨许人呆到底是真呆还是装呆，趁机，许人呆倒先说起了话来。

我法以心传心，不立文字。这位同学何以说我撒过什么传单呢？

你瞧，他开始抵赖了。

你没撒传单？

马克心想，我若是看错了，算我不是人。

什么传单？三期肺病又接着说。人呆一心研习禅宗，而禅宗自创立以来，不立文字，以心相传，见性成佛。这道理同学应该是知道的。

我没有那么大学问，不懂禅宗。我也不是你们的同学，我是个无业游民，跟着学生游行。

朋友何以跟着干这类愚蠢之事？

愚蠢？国民党发动内战，杀害无辜，贪污腐败，民不聊生，怨声载道，天下兴亡，匹夫有责，热血青年怎么能够袖手旁观呢。

人呆不懂政治，不知时局，何以当局倒行逆施？何以民不聊生？人呆更不知何以救国救民。吾佛昭告，善有善报，恶有恶报，生死轮回，早去极乐世界一天，早一天脱离苦海，吾佛圣明，人呆只知道苦海无边，回头是岸呀。

明白了，明白了，这小子明天受审，他就拿这套疯话“玩”警察署。

这位朋友，人呆倒想知道，你有兴趣参加游行，可是游行后你去哪里吃饭呢？

三期肺病开始挑逗革命者马克了。

唉。

马克蔫了。

……

三期肺病许人呆一番装疯卖傻，老子压根儿就不知道传单为何物，再在警察署讲了一大套禅宗道理，最后把审问的法官弄得五迷三道，滚蛋，三期肺病许人呆人回到学校来了。

许人呆不光自己回到学校，还把马克带回了学校。

在警察署，许人呆得知马克没有职业，就建议他可以到大学来，大学里有的是杂活，那么多实验室，每天都雇人。做零工也行，干一个月也行，不想走，一直干下去，至少能混上饭吃，还有时间听课，想听哪位圣人的课，到时候就进教室，坐下来，就是学生，圣人也知道，旁听生比弟子多。

如此，革命者马克就成了业余大学生了。

迁进大学，马克活得很惬意，第一，每天都能找到活儿干，好歹干点活儿，就能挣到饭钱，从此马克没有温饱之忧，一心只追求真理，投身革命了。而且学校里气氛自由，过去马克要将钱捏在手里，背着手等书店老板将钱取走，再将宣传真理的书偷偷放在手里，如今就冠冕堂皇地摆在学校书店的书架上，三青团，蓝衣社，中统特务也不管，趁着空气自由马克很是买了许多革命书，连王亚南翻译的《资本论》都买了，还有《斯大林传》等等等等。读过革命书籍，马克更加坚定了追求革命的伟大理想，很快就成了尚未参加共产党的共产主义战士。

另一点让马克感到惬意的事是，进了大学门，谁也看不出谁是学生、谁是旁听生，谁又是找零活干的小工，那时候还没有农民工，那时候的农民也不进城做工。马克面貌清秀，斯斯文文，漂亮，很有几个挟着厚本书的女学生，有意无意间向马克丢眼神儿，幸亏马克有远大理想，换了别人，早堕落了。

最让马克激动的事情是，他参加了学生组织，学生社团才不管你有没有学籍，学校到处贴着告示，“什么什么社团今晚活动，欢迎各位同学踊跃参加”。只要你去，就算你一号。马克什么社团也没参加，他是跟着三期肺病许人呆来的，他参加了由许人呆主持的六祖禅院。

马克坚信六祖禅院绝对是共产党地下组织，他明明看见游行队伍里三期肺病撒传单，进了警察署，他死不认账，还和警察署玩猫捉老鼠，最后警察署只好放人，放人还不行，三期肺病不走，你得向我道歉，还得将我送回学校。你瞧，不是共产党能如此高明吗？

跟着许人呆走进学校大门，革命者马克的心潮又澎湃起来了，社会动荡，大学是敏感区，国共双方都在利用青年学生力量进行政治斗争，共产党更以大学为根据地发动合法斗争，国民党撒开特务大网对青年学生进行迫害，马克以一个旁听生的身份走进校园，黑名单上没有马克的名字，马克比进步学生有更大的活动自由。

只是，事实并不像马克想的那么浪漫，在校园里，没有人通知马克去参加秘密会议，也没有人要马克去探知秘密情报，走在校园里，三期肺病许人呆从对面走过来，马克才要过去打招呼，三期肺病许人呆一腆脸，压根儿不认识，硬从马克身边走过去了。六祖禅院活动，三期肺病也不向成员们介绍马克，马克也不知道这些居士们姓什名谁，大家一起嘟囔一阵，天黑了，人也累了，作鸟兽散，明天该听课的听课，像马克这样，该找活干的去找活干。

一点革命气氛也没有。

马克开始失望了，没有一点浪漫色彩，还叫什么革命？

不对，还是自己没有找到引路人。

三期肺病游行队伍里撒传单，未必就是共产党，共产党不暴露自己，出来闹事的，都是傻小子，被特务们抓走的也是傻小子，真正共产党，一个也抓不着。

在大学里混了整一年，马克没有发现一个共产党，更没有参加任何革命活动，这一年，没有发生学生运动，只看见时局一天一天乱下去，东北失守，国民党军队节节败退，最后，解放军进关，天津北京告急。

解放军就要攻城了，以一个平民身份进入新社会，马克越想越不平衡，自己从少年追求革命，直到革命胜利，什么贡献也没有，太冤了。

光参加六祖禅院，每天晚上看几个神经病坐禅，马克一腔怒火，什么时代了，外面炮火连天，解放军已经开始包围北平天津，中国人民盼望的新时代就要到来了，你们身为青年一代，不参加变革时代的伟大斗争，却每天坐在这里悟禅，浪费了大好时光，来日你们会后悔的。

一天晚上，六祖禅院一帮神经病散去，禅院里只剩下了三期肺病和马克两个人，马克悄悄关上房门，小声对三期肺病说：“人呆。我实在不明白你们这帮人犯的是什么神经病，解放军节节胜利，国民党最后崩溃的日子已经指日可待，平日，你们组织游行，反对国民党，如今眼看着国民党就要倒台，你们倒关在屋里讲禅了。”

你想做什么？三期肺病冷冷地向马克问着。

我也说不清应该做什么，我只是想，我们总应该为即将到来的新时代做点贡献，我们也不知道共产党现在需要什么情报，我们也弄不到情报，我们也没有能力向解放区输送武器医药，现在向民众宣传革命吧……

好了好了，你快回去睡觉吧。

马克吃了个软钉子，怪无聊地从六祖禅院走出来了。

过了几天，一天黄昏，马克在大院里看见三期肺病无精打采地从外面回来，今天也怪，三期肺病一身泥巴，累得几乎走不动路，拉着两条腿，脸上一点精神没有，明明是干过重活。

人呆，你怎么了？

我挖战壕去了。

挖战壕？

马克一下惊呆了，早从去年，东北失守，传言“共”军已经进关，天津警备司令就放言，要在天津打一场反击战，扭转战局进入反攻，天津城防固若金汤，必将成为“共”军过不去的封锁线。为了建筑固若金汤的防线，天津在护城河外修起了连绵十几里的碉堡群，那一阵大汽车每天拉着水泥、石块从学校后面的道路上跑过去，更看着军队押着成队的民夫往外走，晚上民夫们下工，一个个疲惫不堪的样子，学生们都看在了眼里。

如今战场就要拉开了，何以还修碉堡呢？

马克迷糊了，最让马克不解的是，许人呆书呆子一个，看神色绝对三期肺病，而且他还不至于没饭吃，学校里倒有人去挖战壕，那都是些家里断了消息，为了挣工钱，才去挖战壕的，莫非三期肺病是被抓去挖战壕的？

没事少上街，乱哄哄的。

马克劝三期肺病，时局吃紧，没事少进城。

没想到，第二天黄昏，三期肺病又拖着疲倦不堪的身子回来了。

你又挖战壕去了。

哦，马克恍然大悟，三期肺病一定负有什么使命，挖战壕是一种掩护，说不定是刺探军事情报。

“一天给多少钱？”马克动了小心眼儿，向三期肺病问着。

一个工五万元，馒头白吃。

别激动，这里说的五万元，可不是一部分人先富起来之后万元户的五万元，这五万元是1948年秋、冬之交金圆券的五万元，早晨粮铺开门之前，十斤棒子面的价钱，开门之后，就八斤棒子面了。

明天我和你一起去。

你别跟我一起去，想去挖战壕，招工的地方，每招够40人往阵地拉一批，你在旁边看着，等第一批拉走了，你再过去。

明白了。

马克是何等精明的人儿呀。

三期肺病不靠挖战壕挣饭钱，吃饱了撑的，他挖战壕去锻炼身体？不对，他一定负有使命，而且他告诉马克和他分开去挖战壕，明明是想了解阵地的情况，哦，马克心里突然一亮，共产党指示三期肺病提供国民党防线地图。

第二天，马克来到招工地点，八里台小河边上，几个国民党兵，一张桌子，桌子后边一条绳子拉出个大场子，里面蹲着几十个报名挖战壕的民夫。一个人拿着大喇叭喊叫：“挖战壕去啦，一个工五万块，馒头牛肉，挖战壕去啦！”喊声震天响，马克犹豫一会儿，毅然和几个穷苦人向国民党兵走过去。

学生不要！

我还有上学的造化？你瞧瞧我身子骨，学生有这样强壮的吗？

叫啥名？

王小六。

把名字写下。

马克拿过笔来在纸上画了一个×。

我让你写名字。

不会。

这是个啥?

中国人凡是不会写字的，名字都是一个×。

行了，进去，话可是说前头，到了工地不卖力气可不客气，五万块不是好赚的。

马克没吭声。

凑够了40号民夫，过来一个大兵，押着民夫登上大汽车走了。

汽车开出八里台，下车，马克看看周围环境，呆了。

光知道天津警备司令部在护城河外筑了碉堡，没想到，就在修筑护城河外碉堡的同时，他们还悄悄在护城河内一侧筑起了一道碉堡线，马克虽然没学过军事，但凭他的智商，立即，他就明白这是第三道防线。第一道防线在护城河外，第一道防线失守，后面是几米深的护城河，护城河被攻破了，解放军登上河堤，居高临下，完全暴露在第三道防线面前，而且这个第三道防线，地势低，火力密集，一定会让进攻的一方吃大亏。

如今是拉来民夫挖战壕，各个碉堡之间要相互连通，时局紧张，地堡要准备进入战事，所以在各个地堡之间要挖通战壕。战壕一米深，培上半米高的土，相互串通，大兵弯腰可以跑来跑去。

莫怪三期肺病要来挖战壕呢。

解放军一定不知道这个隐蔽的第三道防线。

明白，明白，天下没有马克不明白的事。比马克思少一个字，智商只比马克思低三分之一。

宣布纪律，每个工定额十米，深一米，宽二米，培半米高的土，早完早下工，早领钱，早回家，完不成定额不发工钱，干到第二天，还是一个工钱，对于磨洋工偷懒者，绝不客气，更不许东瞧西望，只许挖战壕，不许进地堡，发现刺探军情者，就地正法。

干活！抡起大镐，马克干起活来，一看就是庄稼汉，干活卖力气，挖了一会儿，累了，马克掏出纸烟盒。

不对，马克不是不吸烟吗？

对，马克不吸烟，就为了挖战壕，昨天恶补，学会了吸烟。

挖战壕何以还要学吸烟？

你们没进过农场。俺们在农场干活，累了，想直直腰，唯一的办法就是吸烟。你不吸烟，直腰站着，偷懒呀，还想不想重新做人了，吸支烟，养精蓄锐，为了更努力改造。后来，我说自己从来不吸烟，假话，农场里有不吸烟的吗？

马克才点燃一支香烟，带工的大兵晃晃荡荡地走了过来。

来支烟。

马克恭恭敬敬地送上一支香烟。老刀牌，最次的香烟，一股烧树叶味儿。

干活！

大兵抡起大枪就要捣马克，马克一闪，嬉皮涎脸地向大兵讨好。

副爷，我孝敬您大前门。

说着，马克掏出一盒“大前门”，大兵没笑，装着不情愿的神色，接过“大前门”，装进口袋里，走了。

叼着香烟，前半截香烟，脸向南站着，后半截香烟，脸朝北站着，向南向北，马克基本看清了这条碉堡的布局，朝南，筑好了八个地堡，如今先拉来的民夫正在挖战壕，说不定三期肺病就在那边，往北看，看不到头，能看见的地堡，二十几个，再远处的还没有人挖战壕，慢慢来，总有挖到最后一个地堡的一天。

挖到中午，一人发一斤大饼，一块咸菜疙瘩。战壕已经挖到一米深了，战壕外侧，已经培起了半米多高的土坡，马克拿着大饼，跳上土坡，正想举目眺望，大兵大喊一声：我开枪啦。

马克从土坡上跳下来。

这就行了，只一秒钟，马克看到一个秘密，在第二十几个地堡之后，绕了一个大弯，为什么要留一片空地？看得出来，炮位。

妈个巴，你撩高看什么？刺探军事秘密，就地正法。昨天就敲了一个。

我直直腰。

就你事儿多，看着就不是好人。

大兵嘟嘟囔囔地拉着大枪走了。

马克低下头，玩命地干起了活。

晚上，校园里没看见三期肺病，马克找到六祖禅院，空空的房间里，椅子桌子都没有了，扒着窗子一看，三期肺病依着墙睡着了，鞋子也没有脱，一身的泥巴，神色疲惫不堪，看样子是累苦了。

马克悄悄走进房间，更是大吃一惊，三期肺病嘴角上淌着鲜血。

你怎么了？

马克扶起三期肺病，三期肺病无力的眼睛看看马克，指指胸口，出了一口粗气。

唉，你哪里是挖战壕的人呀！

马克背着三期肺病走出校园，就近进了一家小医院，医生开了药，病情终于稳定。

明天你不要去了。

马克安置三期肺病睡下，更嘱咐着说。

第二天，只马克一个人挖战壕去了。

晚上回到学校，迎面正看见三期肺病在院里转，似是闲着没事散步，看得出来，是等马克。

好在校园里没什么人，马克向三期肺病点了点头，两个人蹲下，马克手里抓着一把碎石头，一个一个摆开，向三期肺病汇报他看到的情形。

我赢了！

突然，三期肺病把摆成一道直线的碎石头乎拉乱了，在地上摆好了五子棋的样子，好像他正和马克下五子棋。

马克抬头观望，远处，魏敬明慢慢地走着。

这小子，白天晚上在校园里转，监视学生们的活动。

马克向魏敬明招手：过来，过来。

马克拾起一根树枝，在地上画了一大堆公式，魏敬明走过来，向地上看着。

你解解这道题，马克指着画在地上的公式向魏敬明问着。

别把五子棋看作只是小孩子的游戏，微积分，概率论，西格玛，伽马，N 次方，最后相约，怎么总是我输？

魏敬明不懂微积分，摇摇头，没兴趣，走开了。

马克笑了笑，又将石子摆在地上。继续向三期肺病汇报。

从小树林开始，第一个地堡，一条直线，三十六个地堡，每个地堡之间，二百米距离，每三个地堡之间，有一组炮位，中间一片开阔地，可能是雷区，越过开阔地，又是地堡，直到护城河拐弯儿，连上了大河。

三期肺病听着，听着，一字一字记在心里。

嘿！我们那茬大学生，脑子绝对金刚钻，闭着眼睛能画出世界地图，标出人口百万以上的城市，标尺多少，实际面积多少，经度多少，纬度多少，三期肺病更是记忆力惊人，据说他学英文背字典，从第一页开始，背下来一页，撕掉一页，直到最后一页撕掉了，英文也学会了。如今，马克向他描述的三道防线情况，听一遍，全记在心里了。

哟，不相信了。

当今诸位学子们呀，吓着你们了，对于三期肺病来说，莫说是三道防线，就是三百道防线，向他说一遍，他也能记得一字不差。真有这样的神人吗？告诉你们，我党一位老前辈，从莫斯科第三国际回来，带来一份第三国际更新的密电码，没带一张纸，没记一个符号，愣靠脑袋瓜子，一字不差地全带过来了。什么海关，什么特务，让他玩蛋去吧。

挖战壕的活干完了，马克回到校园。第三天，三期肺病来到丙字六寮勤杂人员宿舍，将马克找出来，走进六祖禅院，小声地对马克说：

我要走了，你的情况，我已经向组织上汇报，组织对于你坚信真理，投身革命的热情非常了解，希望你为中国人民的解放事业做出更大贡献。

马克嘤嘤地哭了。

噙着泪珠，马克激动得嘴唇哆哆嗦嗦说不出话来，多少年等待见到革命时尽情诉说的一肚子话，此时此刻竟然一句也想不起来了，马克只是呆呆地看着许人杲，也不过去握手，也不拥抱，就是远远地坐在许人杲对面，无声地嘤嘤抽泣。

早从六岁开始识字，就知道自己是一个中国人，开始上学，看着校园里飘荡的太阳旗，知道中国人在太阳旗下只能屈服忍受，进入中学，不记得是什么场合，也不记得是什么机会，马克开始知道中国人不能做奴隶，进而，青春热血涌进马克的血脉，马克开始寻找中国自强的道路。

从改名马克，从昌黎二师出走，马克更坚定了投身革命的意志，为了找到革命，马克毅然放弃可以供养自己一生的四十亩良田，忍受老爹惨遭杀害的悲痛，远走他乡，寻找投身革命的道路。

终于，轰轰烈烈的学生运动将马克带进到了一个新的生活世界，在学校里，马克感受到年轻人救国救民的强烈心愿，更看到铁血青年为未来新时代献身的崇高理想。几年时间，马克朦朦胧胧地跟着撒传单，按照许人杲的布置，引领一个个激进青年去东马路费家胡同四号大院，直到和许人呆一起去挖战壕，再到今天许人呆说出“组织”两个字，这条寻找革命的道路实在太漫长、太艰难，也太曲折了。

马克明白，许人呆要走了，解放战争进入最后决战时刻，为保护革命力量，长期在国民党统治区工作的革命同志，必须在最后时刻撤离，在组织撤离的最后时候，许人呆代表组织向自己传达最后指示，此时此刻自己就是革命队伍的一个成员了。

马克没有说一句话，许人呆和自己谈话的时间也不可能太长，天时不早，许人呆可能立即就要离开学校，马克只是以坚定的目光看着许人呆，向许人呆表达自己对革命事业的一片忠诚。

我知道，学校里有许多事情要做，保护好学校，保护好几位教授，迎接新时代的到来，放心吧，我做事情，身份方便，我绝对不会辜负组织对我的信任。

此时此刻，马克走进革命组织的瞬间远不如他想象的那样隆重，那样神秘，那样浪漫。外面没有跟踪的特务，校园里没有秘密联系地点，没有稍显黑暗的房间，墙上没有镰刀斧头的红旗，没有引领宣誓的领导，远处没有飘来“因特那雄纳尔就一定要实现”的乐曲，一切一切像是都没有发生，就是一片黑暗的校园，清静的校园，隆冬季节的寒风，许人呆显得瘦弱的身体，还有马克怦怦跳动的心音。

我走了。

听到许人杲说出“我走了”三个字，马克觉得自己的身体几乎变成一尊铜像，沉重的担子落到自己肩上，校园的景色变了，周围的环境变了，远处微弱的灯光变了，连天空的颜色也变了。

许人杲走了，没有回头，马克也没有目送，马克知道纪律，知道一个革命者此时此刻应该有怎样的表现。

许人杲走了。

解放战争胜利之后，马克和许人杲重新聚首，说起自己离开学校那天夜里的情形，许人杲还虔诚地向马克忏悔。

按照任敏同志的布置，许人杲离校之前，只能接触马克一个人，向他传达组织对他的安排，向他转告组织对他的信任，只是，不知道为什么，许人杲向校园外面走着，突然发现自己走到南斋孟老夫子住处附近来了。

还有一点时间，许人杲控制不住自己，轻轻地敲响了南斋孟老夫子的院门。

出来开门的，自然是孟露。

孟露没有说话，好在许人杲晚上来向孟老夫子请教禅学的事，早就司空见惯了。

神经病，大炮响得这么近了，还你那套禅学。

孟露引着许人呆往房里走，小声地数落着。

“我看看孟教授的生活安排好了没有。”许人呆解释着说。

房里的玻璃窗都粘好了宣纸，地下室也准备好了。

哦，这就好。

许人呆跟在孟露的身后，似是并不急着往房里走。

孟露回头，看见许人呆穿着厚厚的棉衣，一副出门的样子。

这么晚了，怎么还出去？

我胃口不好，出去买点药。

早些回来。

很快，很快就会回来的。

你还不快走，过一会儿戒严了，听说战事越来越近了。

许人呆站在院里，依着老槐树，呆呆地看着孟露的身影。

孟露回过头来，静静地看着许人呆。

许人呆和孟露，本来一对要好的朋友，后来许人呆参加了共产党，一对本来经常来往的朋友，渐渐地疏远了，许人呆再不和孟露过多接触，也不多说话，就像陌生人一样，许人呆来到孟老夫子院里，只问教授有时间吧。两个人往屋里走，许人呆也故意和孟露拉开距离，有时候孟露不高兴，呛白许人呆，我吃不了你。许人呆还装作没感觉，什么话也不说。

今天似是情形不对，许人呆似是没有什么理由敲孟老夫子的院门，也不急着进屋，就是依着老槐树看孟露，目光显得有些冷峻，没有激情，没有温暖，就是冷冷地看着孟露，孟露会意，索性转过身来，由许人呆看自己。

孟露知道，今天晚上许人呆就是为了看自己才敲开孟老夫子院门的。

你看吧。

孟露背依着墙壁，抬起头，一双含情脉脉的眼睛看着许人呆。

突然，孟露想起什么，解下自己的围巾，“晚上风大”，走上一步，将围巾套在许人呆的脖子上。

许人呆慌忙躲闪，孟露身子一晃，两只胳膊紧紧地抱住许人呆，立即，两个人分开，孟露向后退了一步，将围巾递给许人呆。

早点回来。

许人呆听到身后孟露深情的声音。

许人呆走了。

……

战争离学校越来越近了，炮弹越过学校，落到市区守军的重要据点上，各种各样的消息传来，振奋人心，解放军就要打过来了，市里一片混乱，物价飞涨，人心惶惶，人们都说“快了快了”，人们也不问什么“快了”，反正就说“快了”。

终于，“快了”的一天来到了。

隆冬季节，学校暖气几乎没有热度，马克每天都要到后院煤山上去偷煤点炉子取暖。一天黄昏，马克推着小车往后院走，突然一声尖叫，活赛是杀鸡，吓得马克停下了脚步。

一个女子的尖叫声。

马克突然一惊，站到高处张望，一定发生了恶性事件。学校里只剩下有限几个学生，大多是在解放区，没法离开学校的外地人，其中也有几个女学生，空荡荡的校园里，说不定会溜进来坏人，一个女学生大叫失声，马克意识到自己的神圣使命，一定要找到呼救的女子。

顺着喊声找过去，不远处，后院煤堆附近，一个女学生跌倒了。

马克跑过去一看，呆了。

认识，学校有名的校花，孟露，学校第一美女，姓孟，崇拜美国电影明星梦露，偏偏她又姓孟，稍一改动，她就孟露了。

马克听孟老夫子的课，每次孟露搀着孟老夫子走进教室，马克早就注意过这位美女，只是马克柳下惠，从来没有起过邪念，孟露是孟露，和马克一点关系也没有。

看见孟露跌倒在煤堆旁边，马克慢慢地向孟露靠近过去，为避嫌，马克没有俯下身去扶她起来，怕落下调戏的罪名，跳进黄河洗不清。

乡巴佬，你愣着做什么，扶我起来呀！

说着，孟露高高地伸过手来。

马克吞下豹子胆，弯下身去拉孟露站起来，哎呀，孟露同学的小手活赛是一团凉粉，没有骨头。

我来弄点煤，跌倒了。

马克实心眼儿，扶起孟露，又接过孟露手里的小筐筐，替她装了一筐煤。

孟露龇牙咧嘴地要提起装煤的小筐，试了试，没有提起来。

既然做好事，你就帮助我把这筐煤提到南斋去吧。

孟老夫子住在南斋。

孟老夫子南斋的暖气温度太低，孟露为孟老夫子在卧室、书房里安了两个煤炉。

马克和孟露虽然没有说过话，但每次孟老夫子讲课马克都去旁听，每次孟老夫子讲课又都是孟露搀扶着进教室，两个人早就相互认识。

走进南斋，马克将一筐煤倒在院里，还对孟露说，以后捡煤的事就交给我吧。

孟露说，谢谢你了。

“明天你陪我进城一趟。”

马克将煤筐放下，正转身向外走，突然孟露在后面小声地说道。

进城？

是呀，孟露点了点头。表示马克没有听错，自己就是请马克陪她进城。

进城么，不是奇怪事，女人买点东西，洗洗头发，做件衣服呀，都要进城，从南苑大学到市区，4 里的荒路。我们读书那时候，从市区通往学校的道路是最荒芜的道路，谁走这条路呀？哪个时代都一样，通往官府的路，走的人最多，送礼的，买官的，求人办事的，套近乎的，告密的，路上行人络绎不绝。通往花街柳巷的路，人也不少，买笑的，打茶围的，拉皮条的，时出时没。至于通往学校的路，那就没有多少人走了。穷教书匠，都是混不上饭的失败者，寥寥无几，学生，更是一个星期走一趟，所以通往学校的路，没人修，夏天一片荒草，冬天白雪皑皑。

通往学校的路，最安全，没有劫道的土匪，土匪不会劫书，也没有美女，美女不来勾引穷教书匠，通往学校的路上，没有值钱的货。

如今兵荒马乱，孟露要进城，自然要找一个彪汉陪伴，路上几乎没有人，即使没有土匪，一个人走着也害怕。

孟露进城有什么事？

第二天，走在路上，孟露才告诉马克。

孟老夫子对孟露说，六教授的严正声明，在社会上引起强烈反响，天津几所大学的教授们响应南苑大学六教授严正声明，一致决定留下来迎接解放。不光是大学，社会上许多读书人，都不怕老蒋的胁迫，决定留下来迎接解放。但是自从六教授发表严正声明之后，南京方面断绝了财政拨款，从发表严正声明，至今三个月不发工资，教授工资本来就微乎其微，一连三个月不见一分钱，教授们怎么活呀？

如今变卖什么也不行了，教授家里有绝版古籍，五毛钱一斤，一箱书，换不来一斤棒子面，别的东西更没人要了。卖文为生，写小稿，报纸没有人看，报馆都快关门了，类如后来，一家大杂志只印一千本，哪里还有稿费呀。饿得活不下去，有人开始写色情小说，写新武侠，还有的挨不起饿，跟老蒋走了。后来证明走对了，那时候可不同，走了，太见不得人了。

孟师母，旗人，还是正黄旗，祖辈上在紫禁城里骑马。相当于国务委员，出嫁时带过来许多好东西。如今党国要人南迁，金银财宝带不了多少，使劲搜罗钻石珠宝。孟老夫子不管家里的事，不知道吃饭穿衣还要用钱去买，日子好过不好过，与他无关，孟师母惦着六教授的日子，悄悄拿出一件东西，正好有一位亲戚说有一位官太太想买点东西，孟师母找出一小块石头渣，拿出去换回来 50 元银洋。正常年月，这块小石头渣至少能卖到五千两白银，倒霉了，一小块石头渣能换来 50 块大洋，已经够幸运的了。

按照孟老夫子分配方案。50 元银元分成 6 份，每人 8 元，多出 2 元，给史学所的郑教授，郑教授老伴有病，需要钱。

孟老夫子吩咐，第二天，找一个强壮学生，陪孟露将银元分别给各家送去，如此，孟露便找到马克一起进城。

进城路上，孟露对老一代读书人的品德表现出了无限的敬佩，中国有这样的知识泰斗，真是国家之幸，民族之幸。中国人只要一读书，立即就手足兄弟了，可以共患难，共富贵，同舟共济，患难与共，这才真是有饭同吃，有穴同居，什么是共产主义？中国读书人信奉的就是共产主义。

第一个来到的，是史学所郑先生家。

郑先生接过银元，哈哈一笑。哎呀，昆明西南联大时期欠孟老夫子的钱还没还清呢，新债又来了，到底欠多少钱，我也记不清了，你们孟老夫子不是相信生死轮回吗，下辈子还吧，只是谁知道孟老夫子下辈子投生到什么地方去呀，而且也不知道孟老夫子下辈子是不是还能和你们孟师母喜结伉俪，这钱如何还呢？哦，哦，你们孟师母有好东西，首饰匣里好多五颜六色的碎石头，还有玻璃球（可能是钻石，宝石，珍珠。林希穷眼，没看见过比山芋更值钱的东西，也叫不上名儿）。哈哈哈哈。

郑先生爱说玩笑话，日月难熬，绝不愁眉苦脸，郑先生立即将太太请出来，财神爷送钱来了，你赶紧买米去吧。

下一家，理学所的何先生，何先生内向，光感动，不时地拭着热泪盈眶的红眼角，嘴巴微微地动着，十足的湖南口音：老蒋不就是要把大家饿死吗？饿死也不跟他走，不走！

说着，何夫人给两个学生送上来两杯白水。

出来之后，马克对孟露说，你看，何先生家连买茶叶的钱都没有了，马克要去买包茶叶给何先生送去，孟露拦住他，你那样做就伤了何先生的自尊，这些人怪得很，孟教授给他送钱，他感动，你给他买茶叶，他可能把你踢出去。

第三家，经济所的吴先生，吴先生血气方刚，接过钱来，大骂蒋介石，日本投降之后，中国人抱着满腔热情希望中国振兴，可是老蒋一帮人倒行逆施，推行一个主义，一个政党，一个领袖，使用特务手段，扼杀思想言论自由，最不得民心，悍然发动内战，妄图建立法西斯独裁统治，云云云云，如果不是孟露再三告辞，吴先生最少要讲一个课时。

……

回到南斋，马克正要告别，孟露又对他说：

明天下午 4 点，你到东马路费家胡同四号去一趟。

说完，孟露小姐走进屋里去了。

马克心里一惊，怎么孟露小姐也知道东马路费家胡同四号？

孟露女士，上海大财阀家的千金小姐，美貌迷人，花枝招展，娇娇滴滴，臭气烘烘，从来不和任何人来往，想不到，东马路费家胡同四号要她转告自己去那里一趟，东马路费家胡同四号，对于马克来说，绝对不是陌生地方，多少次，三期肺病布置自己去那里送人，自己早就走熟了路，只是自己从来没有进去过，看来孟露小姐一定进到院里去过了。

同志，孟露和自己一样，也是革命队伍的一名成员。

东马路费家胡同四号为什么通知自己到那里去呢？

马克心里一动，投身革命的时间到了，自己帮助输送了这么多的激进学生，如今眼看着就要围城了，再不出去就没有机会了，东马路费家胡同四号传话让自己去，一定是要输送自己去解放区接受培训。

这次，堂堂正正的革命人士了。

到了东马路费家胡同四号，敲开院门，出来开门的还是那位老太太，什么话也没说，就是把大门拉开个缝，老太太身子闪向一旁，等马克走进大院，老太太把门关上，还是什么话也没说，老太太自己走开，将马克丢在大院里。

马克抬头看看，大院里三面厢房，正房大门锁着，只有西厢房，房门半开着，马克茫然地向西厢房走过去，突然听见背后有人招呼自己。

马克回过头来，呆了，站在西厢房门外的，任敏，两条人命姐姐。

真没想到，多少次输送激进学生来东马路费家胡同四号，里面接待这些激进学生的竟然是两条人命姐姐，这位姐姐平时在学校里并不活跃，几次游行也没参加，各种集会从来没见她发表过什么演说，都知道她是海仑城堡的主持，学校里传说她带着几个风骚女学生玩同性恋，怎么她躲在东马路费家胡同四号领导革命。

马克同学，这二年，你为革命做了许多工作，组织上对你是相信的，你一定想，追求革命的学生都走了，怎么把你留下了呢？这是因为你还有更重的任务。

天将降大任于斯人也。

为什么将你留下？因为你不是在校生，学校当局不知道你的存在，国民党三青团更不注意你的活动，现在正是黎明前最后的黑暗时期，国民党三青团很可能对进步学生施以更野蛮的迫害，所以组织决定先把有危险的学生输送出去。但是学校里不能没有我们的力量，现在我们的任务就是保护学校，防止反动派对学校的最后破坏，不必多少时间，解放军就要进城了，能够保护好学校的财产，保护好图书，保护好建筑，保护好老教授，就是对解放战争最大的贡献。

马克万分激动，组织上把自己留在学校，原来对自己有更高的要求，说得对呀，临近“解放”，国民党三青团疯狂迫害进步学生，只有自己隐蔽得深，国民党三青团不知道学校里有个革命者，叫马克，由马克负责“解放”前最后的保卫工作，才是最好的安排。

马克接受任务返回学校，很快组织起了护校队，都是原来的工友，胳膊上佩着白布带，上面写着红色“护校”二字，白天巡逻有木棍子，夜里巡逻有手电筒，胸前挂着哨子，几个人一组，威风凛凛，成为学校最高权力象征，代替校长，学生会主席执行任务，马克是最高执行官，神了。

一般护校队每天一班，值白班的，夜里睡觉，值夜班，白天睡觉，马克三班总监督，没有休息时间，他没有固定巡逻路线，学校里每一个旮旯他都得查看，实验室大门上的锁有没有人动过，图书馆里有没有动静，防火设备齐全不齐全，几位还住在学校里的老教授生活上有什么问题，最大的任务，注意国民党最后疯狂，破坏学校。

5

1948 年，进入冬季，远方传来了炮声。

学校里早就没了人影儿。学生们几乎全部离开了，外地学生，躲避战争，早早地回家去了，本市学生，也再不来上课。学校远离市区，传言说解放军将从这里攻进城市，这里将发生激烈战争，国民党守军更在学校附近筑了工事，战争一打起来，这里就是前线。

住在学校里的教授们，也不知都去了什么地方，有人说共产党地下已经将教授们送到解放区，左派教授更怕国民党最后疯狂杀害，早早离开学校躲到市里去了；追随国民党的教授，更早早乘飞机轮船南下，有人看见过“教坊犹奏别离歌”的悲惨景象，许多人放声大哭，还有人挥臂高呼，誓与党国共存亡。

完了，事情到了今天，怎样表演也没人看了。

学校庶务处大门挂上了大锁，学校里没有零活做了，好在教授们搬家，找到马克头上请他帮忙的活儿还不少，比起在实验室刷瓶子收入还多，在实验室刷瓶子，每天最多能挣到三顿饭，帮助教授搬一次家，遇到大手大脚的教授，最多的一次塞给马克一张万元大票，吓得马克不敢接，以为这位教授要买通他，让他随自己一起追随国民党殉党殉国。

马克没有去前线参加战争，马克革命信仰不变，马克坚信，革命对每个人都有安排，马克追求革命的一片诚意，革命不会不知道，什么时候用自己，革命自有安排，重要的是你自己不要动摇，不要怀疑，革命马上就要胜利了，城市解放的一天，革命一定会找到自己，并且布置重要使命的。

革命没有来，呼啦啦，国民党败兵涌进校园来了。

一天夜里，马克正睡着，就听见外面大喊大叫，咕噜一下跳下床来，衣服也没穿好，马克从宿舍跑出来，就看见校园里人山人海，也没有灯，黑乎乎看着是国民党败兵，个个狼狈相，披着破衣服，已经是隆冬季节了，败兵们穿得极是单薄，一个个冷得吸鼻子，抱肩膀，在寒风中打哆嗦。

“就是这儿了，各团长拉着自己的弟兄找屋子睡觉，砸几把椅子拢火可以，别给人们毁东西，咱们还有番号咧。”

喊话的人操东北口音，听得出来是长官，官还不小，是个团长么，起码是个军长了，团长也可怜，“拉自己弟兄”找屋子睡觉，一个团也剩不下多少人了。

有人问，吃饭的事咋着？

吃饭的事，明天我去找警备司令部，妈个巴子，反正不给饭吃不行。先忍一宵吧。

操他妈，当兵的挨饿了。

这学校有管事的吗？

一个操东北口音的汉子，披着草绿色呢子大衣，一副长官模样，扯着脖子大喊。

马克挺身而出，校长不住在校里，庶务处也没有人，我是个做杂工的小工，有事你对我说吧。

给我们号房。

住房没有，学生宿舍空着，你们不能占，住教室，没床，将课桌连在一起，将就着睡吧。

至少得给我号一间房。

长官下达命令，要马克给他找一处好房子。

这样吧，咱们有个约法三章，你们住下可以，只是不许破坏学校的财产，学校也没有金银财宝，就是实验室里的仪器、图书馆里的书。

俺们要那些没用，你给俺们找点煤，弟兄们冷苦了。

马克将败兵们安置进几间教室，告诉他们去哪里拉煤，还给那个长官号了一间房，看着败兵倒没有破坏什么东西，马克这才回去休息。

学校被东北败下来的国民党兵占据了。

从锦州战役退下来的国民党69军，一群土匪，被天津警备区安置在学校里短期休整，将学校搞得一片乌烟瘴气，天冷，明明学校里有煤，没人去取，就砸教室里的桌椅取暖，明明有厕所，随地大小便，将花园一般的校园，搞成了露天厕所。为种种交涉，马克找到土匪"军长"，向他提抗议，如此胡作非为，学校将向警备司令部提出报告，要求军队立即离开学校。

哎呀哎呀，大哥，说啥都行，不就是不让随地大小便吗，我立马集合队伍，谁他妈个巴子再随地大小便，我让他把拉出来的屎吃了。

69 军军长最怕学校给警备司令打报告，一打报告，拉上前线，当炮灰去吧。

经过几次交涉，马克和 69 军军长熟了，军长姓黄，天下被他打“黄”了，人称黄军长，本来蒋介石想让他死守锦州，一查战绩，土匪出身，没打过一次胜仗。吓唬老百姓一把好手，一听枪响就辨不清东南西北，抽大烟，喝酒，玩女人。就因为手下拉着上万土匪，蒋介石才收他进了正规军，封了军长。

从锦州退下来，路上跑了一半“弟兄”，到了天津才剩下一个团的“兵”力，天津警备区想把他派上前线，顶两天炮灰，也不是亲兵。黄军长鬼，强调弟兄们一路转移辛苦，要先休整休整，如此才被安置进学校，不发饷，不发枪，等候命令。

我说大哥，你也睁一眼闭一眼，当兵懂得啥叫厕所呀，背过脸去撒尿，就是文明人啦，满地拉屎，不是人揍的。走在路边，你还得找个草坑儿拉去呢，哪有拉在大院里的，这儿是大城市，又是大学，都是规矩人。大哥，你放心，自明天起，你盯紧了，逮着随地拉屎的，你就将他按在屎堆儿上，传我的命令，让他舔了。

那也太不人道了。

不行，大哥，你不懂啥叫军纪，军纪是战斗力的根本保证，这话不是我说的，是老蒋说的。老蒋瞎了眼，派杜聿明守沈阳，还不如放个“熊包”，他会打仗吗？我看见过他练枪，十枪，愣打出去十颗飞子儿，举起枪来，手就哆嗦，他搂钱行，沈阳银行的黄金都让他一个人独吞了。说俺们发财，天地良心，得一分钱，我不是人揍的。

喝酒，喂，我说，还有卖烧鸡的吗？

为了防止土匪败兵对学校造成太大的破坏，马克必须巴结黄军长，到底他发威，一个命令，谁再随地大便，就将大便抹进他嘴里，从此果然再没有人随地大小便了，破坏教室桌椅点火取暖的事，也没有了。

一天，马克外出，给黄军长带回来一只烧鸡。黄军长感动得热泪盈眶。

兄弟，只有你还拿你哥当人看，谁还想着我黄某人如今还想吃点东西呀。只是，兄弟，哥眼下没钱，我记着你的恩情，几时收复锦州，这只鸡多重，我还你一只纯金老母鸡。妈个巴子，撤出锦州的时候什么也没带出来，连小娘们儿都给人家留下了。吃吧，吃吧，天津这份烧鸡最有名，我们吃不起。

你巴结我干啥？完了，没指望了，收复锦州，痛快痛快嘴吧，老蒋的天下完了，没救了。喂，兄弟，你们学校有共产党没有，帮我传个话，进入阵地，我朝天开枪，行不。

吃吧。

那我就吃啦。

几口，两条鸡腿就被倒霉的黄军长啃光了。

啃光了烧鸡，黄军长才要睡下，突然一辆军用吉普开进学校，似是传达了什么命令，紧急集合，呼啦啦，拉着队伍出发了。

学校里空空荡荡。

马克想起，应该给孟老夫子送点煤去了。

外边没什么消息吧？

孟露小姐引马克将煤倒到后院，送马克回来的时候，小声向马克问着。

快了，你没听见炮声越来越近了吗？听说解放军已经到了杨柳青，天津已经被包围住了，连通塘沽的路都断了。

快了，快了，多小心吧。

孟露小姐关心地嘱咐马克说。

给你，整夜在校园里转，太冷，孟老夫子说把这件皮袄给你。

说着，孟露小姐将一件皮袍披在马克背上。

我也成老夫子了。

马克执意不肯穿，怕有损于革命者形象。

谢谢孟老夫子。

孟老夫子常说，马克可是好孩子，孟老夫子还问，马克不是共产党吧？

孟老夫子把我看得太重了。

说着，马克从南斋出来，又巡查各个地方去了。

隆隆隆，炮声越来越近了。

今天风静，远远地似是听到机关枪声音了。

马克高兴得热血沸腾，匆匆回到南斋，将孟露小姐唤出来。

你听，你听，机关枪声音。

孟老夫子已经睡下了，孟露小姐引着马克坐在孟老夫子客厅里，两个人对面坐着，围着火炉烤手，外面时近时远的炮声、枪声在两个青年人的心里激起无限热情，看得出来，孟露小姐脸色一片红润，马克更是激动不已，连心跳的声音都怦怦作响。

马克同学，解放军进来，你要做的第一件事是什么？

自然是投身新时代了，推翻旧时代，我们也算是做了一点贡献，新时代来到，我们更要贡献出自己的一切。

只是，我还有一件事，要马克同学帮忙。

你要我帮忙？

是呀，马克同学应该知道，我虽然生在富裕家庭，但一心追求真理，我相信唯无产者才有未来，我相信中国最终一定要建设成为今天苏联那样的国家，共产党带领全国人民推翻旧时代，带领全中国人民建设新中国……

明白，明白。

这些道理不必对马克同学说了。

只是，进入新时代，马克同学要帮助我参加革命。

你要我帮助？

是呀，马克同学，时局到了今天，我们也就不必再相互隐瞒了，你看我替任敏姐姐传递信息，其实我不是他们的成员，他们自己不好公开活动，就利用我的身份，我出身大银行家家庭，国民党三青团中统军统不会怀疑我追求革命，好几次，我转弯抹角地向任敏姐姐说起自己的伟大愿望，人家都故意跟我打岔，我早就看出来了，这学校里只有三期肺病、两条人命姐姐和你是真正的共产党。

哟，你可不要乱想。

你再和我捉迷藏，就对我太不相信了，时局到了今天，国民党天下马上就要崩溃了，连国民党三青团军统特务们都不卖命了，我还能在这个时候出卖你吗？

唉，你别胡思乱想了，我就是一个来学校做工的杂役。

由你说吧，别总把别人当傻子，两条人命姐姐、三期肺病就把我当傻妞儿，他们两个人不直接联系，都是我在他们中间穿针引线，可是他们两个人从来不对我说一句真话，最后他们走了，也没对我说声再见。你来学校从来不利用我，什么事情都是自己出面，游行队伍里，你抢着和三期肺病撒传单，进了警察署，你宁死不屈逼得国民党不得不放你们出来，后来挖战壕，三期肺病只去了两次，整整一个多月，都是你去挖战壕，你又不缺那几个小工钱，我早看出，你们有任务，现在许人呆也走了，你又组织护校队，代表校方和土匪败兵接触，只有你不怕牺牲，勇敢无畏……

你快别说了，别说了，等着吧，快了快了，到时候你就明白了。

马克抹去额头上的汗珠，哧溜一下，从南斋跑出来了。

……

已经是后半夜了，校园里一片喊叫，刚才紧急集合出发的土匪们回来了，黑暗的灯影照出一个个狼狈相，个个疲惫不堪，像是刚干过重活，许多人披着棉衣，敞着怀，还呼哧呼哧地喘大气流汗。

妈个巴，倒霉差事想起69军来了。

土匪们骂着，跑进住宿的教室，衣服也没脱，爬上课桌，呼呼地睡着了。

最后，一辆军用吉普车开进来，黄军长从吉普车上走了下来。

马队长，你还没睡呀。

黄军长称马克为马队长，他不是护校队大队长吗。

看着黄军长一脸的兴奋神色，马克走过去和他搭讪。

有行动?

嘿，这群王八蛋，到底听了我的主意。别梦想反攻，扭转战局，解放军攻上来，那就和松花江发水一样，眼看着大水漫过来，你休想抵挡。和解放军作战，你就得先将他们放进来，天津那么多条大河，只要把桥炸断了，把他们切开，一小块一小块吃掉他们，再调出你的精锐，不怕打不胜反击战。

黄军长兴奋地说着，披着军大衣，回到他的房间去了。

黄军长无心地骂着，马克有心地听着，突然心中一惊，可能天津守军在防务上有了变化。

为了巴结黄军长，马克又买了一只烧鸡，还带上一瓶老白干。

我们天津高粱老酒最有名，不是酒厂出的，河东烧锅货。每天下午 4 点，不等烧锅出酒，桥头上就聚满了人。

我说哩。我把他们都撵开了，我隐蔽炮位，你们看什么，打仗了，桥头上隐几门炮，有什么好看的?刺探军事秘密，找死呀。

桥头上隐大炮?

马克暗自想着。

你不明白吧，你不懂军事，他天津警备司令，光知道修炮楼，护城河外一道防线，护城河一道防线，护城河后边还有一道防线。没用，解放军攻上来，就像松花江发水一样，眼看着漫过来。我说，你天津这么多条河，这么多座大桥，解放军攻进来，把桥炸断，把解放军切成小块，到时候你再拉出精锐部队，还愁消灭不了解放军，他在明处，咱在暗处，他是外地人，咱是老家……

圣明，圣明。

我圣明个屁，我一不是黄埔，二没进过保定陆军学校，我就是个老胡子。1945 年老毛子出兵东北，打到海拉尔，几天时间消灭了关东军，大军拉进城里，晚上开会庆祝，老毛子喝酒跳舞，乐呀唱呀，正高兴，轰隆隆一片大炮，炮弹从四面八方飞进来，遍地开花，把上万老毛子和海拉尔百姓都“捂”在里边了。

老毛子紧急撤退，集结坦克开进来，不分青红皂白，整个海拉尔一片碾压，一连七天，把整个海拉尔碾压成一块石板，这次，日本关东军哑巴了。后来，一个放牛的小孩发现一个洞口，招呼人进去，地道，成千具骷髅，一具骷髅抱着一杆大枪，顶着一个钢盔，腰上挎着手榴弹，整整一个军，全“捂”里边了。懂吗？这叫埋伏。

佩服佩服，马克连声称赞。

兄弟，这些日子你关照我，我也没法报答，明天夜里你去跟我运一次炮弹，发你两个工钱。嘿，这回他们发给我钱了，妈个巴，自打从锦州退下来，没见过钱，退到天津，他们不发枪，不发饷。憋得弟兄连买烟的钱都没有，个个抽树叶子。这回听我的了，隐炮位，军事任务，报效党国，军人天职，运炮弹，力气活，白天不许送，天黑送，一个工给我四个大头儿。弟兄们乐了，黄大麻子有办法，嘿，你玩我，我玩你，若不，这天下怎么就玩完了呢。

听说黄大麻子要带他去送炮弹，马克当即答应。我去，我去，

可是有一条，你可不能泄露军事秘密。好在解放军把城围住，长出翅膀你也飞不出去。我担心有暗探，你是不知道，守锦州的时候，我们什么时候用兵，地堡在什么地方，军火库在什么地方，林彪那儿一清二楚，妈个巴，我还想，你解放军到底有多少暗探，后来我才知道，不是解放军暗探，就是老百姓，个个老百姓都给解放军送情报，莫怪人家得胜呢。

入夜，黄大麻子扔给马克一身旧军装，马克跟着69军弟兄出发运炮弹去了。

没有大汽车，汽车都拉到前线去了，就是步行，不许喊叫，不许咳嗽，不许打喷嚏，怕惊动老百姓，走了两个多小时，到了河东，原来的日本仓库，没想到这里还藏着炮弹，一定是日本时期留下的，下地道，有好长好长的路，从地下仓库把炮弹背上来，再背着走出仓库大院，往一个个桥头上送，马克是“生脸儿”，近地方弟兄们抢着去了，派他往最远的炮位

送，往返两个多小时，累得直不起腰。

送一夜炮弹，马克看清楚了，天津几十座桥，每座桥的东侧，隐下了四门60大炮，每座炮位旁边，有一个炮弹库，已经堆放了百多枚炮弹，还继续往炮位上送炮弹，准备血拼一场，真要扭转战局了。

天明之前，集合回校。

马克顾不得休息，早早地就给南斋孟老夫子住房送去一筐煤。

你疯了，好不容易孟老夫子刚睡下，响了一夜大炮，孟老夫子时不时地往外看，喃喃自语，进来了，进来了，等到天明还没见动静，这才睡下。

有情报。

看着马克紧张的神色，孟露大吃一惊。

怎么，解放军放弃平津了？

你过来。

马克拉孟露到清静地方，将自己听黄大麻子说的，夜里运炮弹看见的，河边炮位的位置，详详细细地对孟露说了一遍。

哎呀，孟露也感到情况严重了。

要想办法把情报送出去。

可是，如何送呢？

人都走了，关系断了，两三天的时间解放军就要打进来了。

城市已经被包围，鸟儿也休想飞出去，我们也没有电台，又没有建立新的交通。

我们想办法。

晚上，马克又给孟老夫子送去一筐煤，感动得孟老夫子连连说：已经够烧到来年冬天了。

把炉火点旺些吧，今年冬天冷。

你是好孩子，我讲课的时候注意到你，你怎么只是旁听生呢？等解放军进来，嘘，小声点，等反攻胜利，我去找校方将你转为注册学生，你叫什么名字。

马克。

这名字好，有前程。克，任也，荷也，肩负重任也。克，胜也，无往而不克也，你知道殷墟甲骨“克”字怎么写吗？将对手抓牢，按着他的脑袋瓜子让他跪在地上，克也，克也。哈哈哈哈，克了克了。

马克本来姓齐，叫齐富成，两年前读了《资本论》，书没有读懂，先改了名字，为避欺师之嫌，比马克思少一个字，叫马克。

一旁收拾家务的孟露说着。

好，好，青年应该为国家未来寻求真理。只是，只是，孟某人认为，马克思主义再伟大，也以能够改造中国社会方为实用，否则大家坐以论道，岂不又成了禅宗的一个门派。唉，当年去法国、日本寻求真理的同学，走前都找过我，只是那时我痴迷传统文化，认为真理都埋在老祖宗的墓穴里了，东方、西方，世界只有接受中国儒家文化才有未来，于是我和几个糊涂青年一起去殷墟旧址考古，最后挖掘出殷墟甲骨，如此大半生过去，到了今天才知道误人误己呀。

呜，一颗炮弹呼啸着从孟老夫子屋顶上飞了过去，孟老夫子下意识地蹲下身子，孟露跑过去扶住孟老夫子，炮弹在远方爆炸，孟老夫子站起来，快了快了。

孟露对马克说："上楼把孟先生的床搬下来吧。"说着，两个人走上楼，将孟老夫子的床、被子搬到楼下来了。

安顿好孟老夫子，孟露又和马克说起了刚才的事。

一定千方百计要将情报送出去，解放军总攻的日子不会太远了，国民党垂死挣扎，布下了陷阱，不能让解放军受到意外伤亡。

道理谁都明白，只是要想出妥善的办法。

有两个设想。

第一个设想，还是要去东马路费家胡同四号，任敏姐姐可能还没走，那里应该还是联络点，只要那里有人，即使见不到任敏姐姐，总比我们有办法。

太危险，万一任敏姐姐走了，院子空了，即使还有人看守，再贸然去联系，也会引人注意，再说，一旦那里被特务破坏，我们贸然去敲门，岂不自投罗网？

不要紧，我想好了，你和我一起去，到了东马路费家胡同四号，你找个地方隐蔽，远远地等我，我过去敲门，只说是问路，只说我们是逃难来的昌黎人，找东马路斗店大街，就是那里被特务注意了，也不会有什么危险。

如果这个办法失败呢？

第二个办法，那就危险了。只能你一个人去冒险，闯封锁线，听说前线的士兵已经换不下来了，在碉堡战壕里守了四十天，穷苦市民们冒险去战壕做生意卖些香烟，你知道卖什么最赚钱吗，破衣服，国民党士兵知道守不住了，人人身边都收着两件百姓衣服，等着一旦败下来，穿着百姓衣服逃跑。

马克费尽心力，再也想不出更好的办法了。

6

多少年后，同学重新聚首，马克向我说起那天早晨孟露小姐离别南斋孟老夫子住房的感人情景。

唉，什么重新聚首呀。你们以为当年倜傥少年重新聚首，一定欢欢喜喜，大家济济一堂，在五星级大饭店里，餐桌上摆着龙虾、乳猪，杯盏觥晃，大家唱歌起舞，席间有人咏诗，有人忆旧，大厅里一片欢声笑语，大家一起为自己美丽如诗的青春岁月感动得老泪纵横。

昔日风流同窗重新聚首，只有两个人，一个人是在下，摘帽右派，林希，第二个是逃亡地主齐富成，唯一令人感动的是，两条人命姐姐出国前，通过特殊关系，将马克从昌黎老家要出来，安置在天津第二商业局属下的副食品公司食堂当上了一名帮厨，每天早晨，将大萝卜切成块，将白菜切成段，放进锅里，抓一把盐，烧成 8 分钱一份的丙菜。加两块豆腐，乙菜，1 角。有肉片，甲菜，1 角 5 分。与此同时，林希刚刚改造好，摘了右派帽，才安置进天津第一机械工业局下属的一家工厂做勤杂工，打扫车间，早晨扫一遍厕所，女厕所必须在早晨6 点以前打扫完。

怎么这么惨？

众所周知吧。

别的人呢？当年学校正牌共产党地下党员三期肺病同志，“解放”后南下，一路披荆斩棘，所向披靡，打到十万大山，带着人进山开展工作，从此再没有出来，整整一个工作组，活不见人、死不见尸，全光荣了。

和三期肺病保持单线联系的上级组织，两条人命姐姐情况最好，派到国外当大使去了，大家不服，怎么把这样一位其貌不扬的女士派去做大使，孟露小姐若是活到“解放”，才是驻外大使的最好人选，唉，命运捉弄中国呀，美女牺牲了，两条人命大使了，和帝国主义打交道，美女是没有威慑力的。

屁话。

马克告诉林希说，按照孟露的安排，前一天晚上马克剃了光头，孟露看了，说是绝对乡巴佬，第二天又穿上孟老夫子的中式棉衣，孟老夫子多年习惯，不着西装，不穿中山装，就是中式衣服，正好有一件旧棉袍，马克穿上活赛是个乡巴佬小商人。

孟露也一派农村妇女打扮，头发拢到脑袋后面，盘成大盘头，穿一件蓝布中式大袄，一双布底鞋，走起路来，果然农村姑娘。

马克说，离开南斋那天，孟露似是有了什么预感，她为孟老夫子准备好了晚饭，还将洗过的衣服放在孟老夫子床头，走时再三嘱咐孟老夫子别忘了睡前服药，暖瓶里还注满了开水。然后孟露拾起一个大包袱，是农村大炕单子裹着的一个大包袱，背在背上，绝对是一位避难的外乡人，走出南斋孟老夫子住房，孟露还回头望了望，不是马克催着出发，她还不知道要看到什么时候。

市里已经一片狼藉，街上的商号都关门了，马路上，骡车拉着大炮往郊外走，宪兵们在大街上搜查行人，吉普车嗷嗷叫着跑来跑去，穷苦市民东一堆、西一伙等着买粮食，更有的大楼被炮弹击中，楼上的窗子耷拉着，在风中摇晃。

路过中原公司，中原公司对面的中正书局被炮弹炸平了，据说那里是国民党守军的总指挥部，也没有人清理现场。炮弹还嗷嗷地在头上掠过去。大街上一片凄惨。

终于走到东马路，马克后悔地回忆说，怎么一路就没有说话，两个人无声地走着走着，明明就是要早一步走到如此的结局，孟露背着大包袱，牵了一下马克的手，马克感觉到孟露的手在颤抖，似是过分紧张，马克用力地握了一下孟露的手，孟露将手抽出来，又匆匆向前赶上去。

远远地看见了东马路费家胡同四号大院。

马克说，他不是没有准备，他陪着孟露从东马路费家胡同四号门外走了一遍，没有什么变化，还是两扇紧闭的大门，马克万分悔恨，当时怎么就那么心慌，不会没有迹象的，“解放”后他去过东马路费家胡同四号，大门上多出了一个小洞，明明就是特务们观察外面动静的小洞。

马克陪着孟露从东马路费家胡同四号大院外面走回来，走到大街拐角处，孟露暗示马克在这里等自己，然后。

然后……

马克说，你就不必问了，我知道你对孟露的感情，尽管孟露暗中对我说过，林希是个小无赖，从来对你没什么好感，但你对孟露那点意思，同学们都是知道的。后来的事情，你就别问了，太惨了。

在林希再三追问下，马克还是简单地说出了当天的情况。

孟露离开马克，慢慢地向东马路费家胡同四号大院走过去，马克看见了，她走得十分小心，就像是蹚地雷区似的，慢慢地走近了东马路费家胡同四号大院，孟露没有迈台阶，只远远地站在台阶下边，冲着大院里面喊话。

大爷、大娘，俺问个路，东马路斗店胡同在哪里？

马克说，听见孟露的喊话声，马克更紧张地向孟露看过去，大院里没有反应，孟露也许还想问一句，但是，突然大院里伸出一条胳膊，孟露一看情况不对，转回身来就往回跑，已经来不及了，大院里闯出几个凶汉，喊叫着“站住站住”追了出来。

站住，站住。开枪啦。

“叭”的一声，追赶的凶汉抡起手枪从后面开了枪。

孟露喊了一声，身子向后挺了一下，应声倒在血泊里。

俺们是问路的，你们凭什么开枪打人。

马克一步抢过去，从血泊里扶起孟露，抬头看了看开枪的特务，疯狂地问着。

哪里来的？特务踢了马克一脚，恶凶凶地问着。

昌黎。

放屁，早就不通火车了。

俺们是走来的，一直没有找到亲戚。

哥，咱们走吧，家里娘还等着呢。

受伤的孟露，强忍着疼痛，无力地向马克说着。

你们凭什么开枪？

马克悲痛万分，向追上来的特务喊着。

没打死你，便宜你了。

俺们就是问个路。孟露努力争辩。

走吧，孩子，这儿不是讲理的地方。

闻声跑过来观望的市民劝说着。

马克无奈，扶起孟露，再将孟露背好，围观的好心人给马克指路。

正好一辆胶皮车跑过来，将孟露放到车上，车夫拉起车来，飞快从东马路跑出来。

兄弟，这是个是非地方呀。我在这儿拉车多少年了，原来是隆记洋行任家的老宅，任家大小姐出嫁两年丈夫死了，娘家把闺女接回来，一直住在这处宅院里，安安静静，前几天，不知怎么的闯来宪兵队，也没从院里拉出人来，只是里面情形变了，一个要饭的老女人抱着孩子敲门，一枪打出来，把要饭的女人打死了。哎呀，造孽呀。

拉车的人夫匆匆跑着，向追在后面的马克说着。

马克明白，任敏姐姐走了，东马路费家胡同四号大院被敌人发现，占据大院等着抓人。

往河沿走，东门外水阁医院，教会医院，别处都关门了。

车夫拉着孟露，马克追在后面，很快到了医院。

战火纷飞中，一家教会医院还收病人，也没要马克交保证金，也没要门槛费，教会医院也不知道门槛费，也不怕看过病不付钱，医生护士也没要红包，也没挂号，傻瓜教会医院就知道生命最神圣，将孟露抬进手术室，医生跑来，也不问为什么受了枪伤，是被国民党开枪打着的共产党，还是被共产党开枪打着的国民党，注射麻醉药，开始手术。

骨头断了。

回去吧，再晚就要戒严了。手术中的孟露对马克说。

放心吧，我们会照顾夫人的。你幸运，有这样好的太太，自己伤了腿，还惦记婆母，快回家照顾母亲去吧，愿圣母保佑你的母亲。医院嬷嬷对马克说。

孟露腿部被枪弹射穿，打断了骨头，医生做手术，半身麻醉，手术做完，已经到了晚上 7 点多钟，医院护士劝说马克离开，再不走，市区就要戒严了。

孟露还没有解除麻醉，身子不能动，看着马克不肯离开的神色，孟露尽力劝解。

走吧，再不走，就不能回校了。

我怎么能够把你一个人留在这里呢？

只能留下了，再有一个小时市区戒严，你也不能回去了，市区里电车也停了，带上我，更引人注意，只能你一个人回去了。

这里是妇科医院，宪兵队从来没搜查过。

医院护士向马克说着。

马克看医院安置好了孟露，在孟露再三催促下，只得离开医院。

走出医院时，嬷嬷们还祈祷圣母保佑马克的母亲。

谢谢你们一片好心，我家老娘不稀罕你们圣母的保佑。

走出医院，呜地一阵啸声，几颗炮弹向河对岸飞过去，轰地一片巨响，炮弹落到河对岸，河边的市民四处逃散，大声喊着，解放军炸桥了，解放军炸桥了。

听着民众的喊声，马克突然一愣，马克虽然不懂军事，但对于发动总攻的军队来说，未占领城市先将市内的桥梁炸断，觉得不合情理。看着河边升起的滚滚黑烟，马克心中突然一亮，莫非解放军已经掌握国民党守军在河边布置炮位的情报？庆幸，庆幸，我们知道的情报，解放军早就掌握了。

马克忙着跑过桥去，查看炮弹落地的情况，桥下，一片弹坑，绝对是对着桥边的炮位来的，但是没有击中炮位，方向反了，炮位在桥东侧，炮弹落到桥西侧去了。

走在回学校的路上，马克心想，也许不必冒生命危险送情报了，解放军的炮弹不是无缘无故落在桥头的，但愿解放军已经掌握了发生变化的军情，只要校正一下炮位，炮弹向东移几百米，就把炮位“端”了。

回到学校，天色已经黑了，马克先去南斋看望孟老夫子，孟老夫子看见马克一个人回来，脸上一片紧张神色，一步抢过来，拉住马克的胳膊，声音颤抖着，着急地向马克问：

小孟呢?

她住到亲戚家去了，嘱咐我回来照顾您。

不对，她在天津没有亲戚，你要告诉我，她到哪里去了。

她没回来，路上遇见一位老同学，两个人越说越热乎……

马克不会说谎话，说得结结巴巴。

你骗我，你骗我。孟老夫子脸色苍白，他意识到孟露遇到不幸了。

我一眼就看出来，你们今天匆匆出去一定有急事，我了解小孟，她有背景，这几年在我身边，我早就发现她负有特殊使命，她有抱负，有理想，在我身边做助手，但对做学问似是没有天赋，她已经不再年轻，对于自己的生活一点也不顾及，我知道，她和经济所的许人呆有来往，好像也没有太深的感情，人呆时常到我这里来，讨论禅学，我对他讲禅，他听着也不认真，听着我的讲解，他会突然向孟露看一眼，孟露也心领神会，似是有什么默契。孟露这孩子心地善良，意志坚强，她一定负有神圣使命，孟露将来必是一个对国家民族能够做出贡献的奇女子。

孟老夫子说着，热泪不禁涌出来。

你要告诉我，孟露到底为什么没有回来。

孟老师，您放心吧，孟露就是遇见一位老同学，在外面住几天，她就回来了。

马克很是说了一片好话，这才安抚得孟老夫子睡下。

已经是黎明时分了。

倒在床上，马克合不上眼，翻来覆去地想着明天的行动计划，如何混过封锁线，过了护城河，到了前沿阵地，扮作做生意的市民，下到战壕，卖香烟，卖旧衣服，价钱不能要得太低，价钱低了，国民党兵会怀疑你有什么目的，避开监视，找个地方从战壕跳出去，向对面跑，跑不了多远，一定会遇到解放军，只要遇到解放军，使命就完成了。

马克又是老毛病，充满幻想，把事情想得非常美丽。

天终于放亮了，马克匆匆吃过东西，吃得不少，不知道事情顺利不顺利，出现意外，也许中午就没有饭吃了，事情顺利，中午就吃革命战士第一顿饭了。

从孟老夫子的南斋外走过，听见孟老夫子重重的咳嗽声，匆匆漫过去，怕孟老夫子拉住自己追问孟露的事。好歹收拾了一个包袱，背好，像做生意的模样，口袋里揣几个钱，路上买些香烟，还准备了些零钱，路上买通封锁线。

匆匆走出学校，没有向护城河方向走，心里惦念孟露，绕个弯儿，直奔水阁医院。远远地看见水阁医院，心里怦怦跳，见到孟露说什么，告诉她一切都准备妥当，天津解放再见吧，我会跟随大军尽快进城的，进城后的第一件事，就是来医院接你，把你送到解放军医院，那里一定比这里条件好。

耽误时间不能太久，要握手，握手要用力，不必多说话，嘱咐孟露好好休息，不要管外面的事情，最迟再有三两天，解放军就攻进来了，你不必跑出去迎接解放军，身体重要，爱护身体，我们还有更重要的使命。

想着，走着，走进水阁医院，远远地觉着不对劲，院里一片狼藉，墙上留着弹伤，看着似是发生过恶性事件，再往里面走，昨天见过的嬷嬷明明看见马克走了过来，却急忙转身躲开了，马克紧走一步，想拦住一位嬷嬷，询问昨天夜里孟露的情况，嬷嬷还是匆匆跑开了。

马克一步跑进病房，病房里空荡荡，病床上没有人，床单平平地铺着，一个病人也没有。

马克转回身来，想找位嬷嬷询问，病房里没有人。

孩子。

一双暖暖的手掌从背后握着马克的肩膀，一位女性暖暖的声音在马克耳际呼唤。

孩子，你要坚强，命运安排不可逃避的灾难，上帝给你力量帮助你变得坚强。

你说什么？

马克猛然转回身来，才看见在背后握他肩膀的是一位老嬷嬷。

老嬷嬷穿着黑色长裙，头上戴着白色修女帽，老嬷嬷脸上充满着善良，目光中更充满着温暖。

孩子，祈祷她的灵魂升上天堂吧。

老嬷嬷眼中涌出泪花，将马克拥抱得更紧。

昨天夜里，一帮宪兵突然闯进医院，他们扬言搜查一个腿上负伤的女子，聪明的玛丽亚嬷嬷一步跑进病室，从病床上拉起年轻夫人就往后院跑，后院有一个大地窖，冬天收藏着盆花，夫人似是也明白发生了什么事情，不出声地跟着玛丽亚嬷嬷向后院跑，只是她们一个腿上有伤，一位也太胖，跑得很慢很慢，她们刚刚钻进地下室，宪兵们也追到了地下室，虽然他们什么也没有看见，一群人还是向地下室开枪，打了好长好长时间，地下室所有的玻璃都被打碎了，最后还往里面扔了几颗手雷，听着地下室没有一点声音，那群魔鬼才离开医院。你去看看吧，夫人和玛丽亚嬷嬷睡得非常安静，她们紧紧地拥抱在一起，在她们离开人世的时候，她们相互呵护，她们得到了圣母的爱。

说着，老嬷嬷哭出了声音。

圣母呀，宽恕那些恶人吧。

地下室很冷很冷，马克说，不要惊动她们，三天之后，我回来，以最隆重的方式悼念我的朋友。

尾　声

干什么的？

最近一道封锁线，在护城河内一公里的地方，要过岗哨。

盘查的大兵极是凶恶，刺刀逼着马克的胸膛。

做生意，挣点小钱。

查查。

马克打开包袱。

盘查的大兵将一条香烟塞进自己的衣服。

快点回来，下晌就不放行了。

走过第一道封锁线，距离护城河二里地，护城河上没有岗哨，河面上结着冰。

涂涂擦擦，马克小心地走过河面，护城河不宽，没多少时间就走到对岸来了，站到堤岸上，看见前面的战壕，弯弯曲曲，绵延而去，看不清战壕里的大兵，只觉得战壕上滚着一片雾尘，下面似有活动。偶尔从对面传来枪声，是三八式大枪的枪声，解放军已经不远了，三八式大枪有效射程最多也就是400－500米，只要跳出前沿阵地，一口气，就可以跑到解放军阵地。

河堤上蹲着两个人，也是去做生意的市民，等着马克走过来一起搭伴儿向前沿阵地走，眼看着马克走过来了，蹲在河堤下的一个人向马克问：今天什么货？

烟。

就是烟卖得快，价钱也好，红锡包，城里一千块一包，下了战壕，一万一包。

一万一包，卖的是良心价，脑袋瓜子别裤带上进战壕做生意，求着有个人卖吧。

这帮王八蛋，昨天白玩了一天，货卖光了，出战壕时一个七斤半搜查，我知道他是要“亮儿”，塞给他一包大前门，没想到这小子胃口大，一下就把我卖货的钱全端了，娘的，我还没说话，一枪托子把我捣上战壕，再回头，他刺刀逼上来了。我操。

七斤半，是天津人对当兵的戏称，一杆三八式大枪重七斤半，当兵，扛着七斤半。大兵，也就是“七斤半”了。

三个人搭伴向前走着，马克心里盘算下到战壕后如何窥测时机跳上战壕向对面跑，眼看着前面就是战壕了，其中一个人提醒今天要当心别再被七斤半“洗”了。早早看个机会就出来。马克没有心思听这些，一双眼睛只向前看着。

“站住!”

突然一声大喊，几个人停住脚步，正想看看是从哪里传来的喊声，只看见地面上，一把刺刀从掩体里探上来，掩体里一个“七斤半”，恶凶凶地向路上的三个人喊着。

做生意的。

不让过。

卖点东西就回来，弟兄们也要买烟呀。

小贩强作笑脸，讨好地向“七斤半”求情。

今天不许过，从早晨就开始强攻了，全线戒严。

我们就是卖点货。

回去，回去。我开枪啦！

“七斤半”喊得更凶了。

三个人没办法，只好转身向回走。

把东西留下，算你们劳军，打完仗，双倍给你们送大头去。

放下，放下，我开枪啦。

认倒霉，三个人不情愿地放下背上的包袱，更是不情愿地向回走着。

一切计划全落空了，马克懊恼地走在后面，自己总是把事情想得那样顺利，越过战壕，想得多容易呀，你连战壕都下不去，你还想找个机会从战壕里蹿上来，往对面跑。

太浪漫了。

垂头丧气，马克跟在后面走过了护城河，一步步又走过护城河后面的碉堡群，马克心里万分焦急，情报送不出去，解放军就要遭受重大损失，即使攻进城市，也一定会遭遇埋伏，说不定还要被国民党守军再从城里反攻出来。

只是，没有办法越过封锁线。

从战壕冲过去的设想落空了，要回去另想办法。

孟露，我失败了，对不起你，你英勇地献出了年青的生命，我没有完成你没有完成的使命，我对不起你。

呼啦一下，马克觉得走在他身边的那两个小贩突然跑开了，似是遇见意外情况，那两个小贩拼命跑着，还回头向马克大喊：傻小子，你还不跑？

跑什么？马克正犹豫，还没容他看清楚发生了什么意外，突然一条小绳儿飞过来将马克套住了。

就像是城里打狗队套流浪狗，还没容挣扎，绳套儿已经将你套牢，再抬头，不远处一个人正用力拉着绳子，将马克往那边拉。

前面，一个大帐篷，帐篷顶上画着红色十字。

战地医院。

战地医院拉人做什么？马克被小绳儿套着，拉进了帐篷，帐篷里面，地上蹲着几十个人，蓬头垢面，都是穷苦市民，胳膊都被小绳儿套着，无精打采，似是等着发落。

拉我做什么？马克向一个管事的人争辩。

蹲下，一杆大枪，抡起来，枪托子重重地捣在马克背上。

再恣歪，毙了你。

管事的人向马克喊着。

无奈，马克只能蹲下，和原来那些人挤在一起。

兄弟，别问了，认倒霉吧。

旁边一个市民劝说。

他们干什么？

还能是好差事吗。你看。

说着，那位市民伸过胳膊，胳膊上一个白布箍，上面印着醒目的红十字。

抽血？

到时候你就知道了。

担架队，前边吃紧，抓人去前沿战壕抬担架，两个人一副担架，已经凑够数了，发现溜了一个，临时上街，就让你赶上了，也不白干，一夜五块大洋。

蹲在这儿干吗？

天还没黑呀，天一黑，就往前沿拉，解放军总是天亮前发动进攻。

马克安静下来了，天意了，全天津老百姓可能只有马克一个人想着下战壕，偏偏就将马克抓来了，等着吧，名正言顺，比做小生意还可靠，天黑下来，担架队下战壕，打起仗来，往外背伤兵。

管事的走过来。

干什么的？

刻字铺的。

出来干什么？

买山芋。

算你走运，明天天明发你五块大头，下战壕背人，十个大头儿。别想溜号，溜号按逃兵处置，就地正法。

蹲了大半天，眼看着天黑下来了。一人发一个馒头，啃了，喝了水，又点了一下人数，成双。两个人一副担架。

起立。

抓阄儿。

怎么还抓阄儿？

抓着黑阄儿的，下战壕，没抓着黑阄，战壕下边等着，等战壕里伤兵背上来，两人一副担架往后边送。

抓。

一伸手，打开，白阄，马克不下战壕，留在战壕下边，等着抬担架。

兄弟，行行好，我抓的黑阄儿，我害怕，一听枪响，就尿裤。

一个瘦瘦的市民向人们求情。

没有人理他。

兄弟，行行好，你还能挣十块大头呢。

穷苦市民凑到马克身边，马克小声地回答。你别声张，把黑阄儿给我，明天发钱的时候，你可别后悔。

谢谢兄弟，谢谢兄弟了。我家住在北门外，打完仗，你找我去喝酒。谢谢兄弟。

涂擦涂擦，一队人出发了，胳膊上的小绳套得更牢，走过碉堡群，走过护城河，没有人盘查，一直走到前沿战壕。

抓着黑阄的过来。

马克举着黑阄走了过去。

还差一个，都亮出来，别想蒙混过关。

终于拉出来一个。

有话在先，下到战壕，别四处乱跑，只等着开火儿。别向对面张望，别直腰，露出脑袋瓜子，当心飞子儿。开火之后，出现荣军（他们不说伤兵），从战壕背上来，注意，别辩错了方向，昨天一个胆小鬼，背着伤员就往上面跳，一阵炮弹，吓破了胆，跑错了方向，跑到对面土坡上去了，正想回身，旁边督战队，一枪，撂倒了，可怜，他儿子有病，还等他十块大洋买药呢。说清楚了，到时候别怪枪子儿没眼儿不认人。

马克听着，全明白了。

天黑了，战场上没有一丝声音，紧张得让人喘不过气来，马克抬头看看天空，满天的星星，心想，三期肺病和两条人命姐姐也许正看着星星，他们的心情是什么样呢？他们一定在想，再有几天他们就要回来，尽快回到学校，寻找自己，寻找孟露，三期肺病和两条人命姐姐得知孟露牺牲的消息之后，一定会抱头痛哭，大家互相安慰。

默立在孟露的墓地前，三个人心间涌动着悲壮的诗句：

掩埋下战友的尸体，
拭干泪水，此时已是拂晓，
我们出发，
战争在召唤我们。

马克的眼睛湿润了。

天空，荧荧的星光闪烁。

（上面那四行诗，不是马克想出来的，是国家一级作家，著名诗人林希后来写的。挺感人的。）

……

轰，轰。

一阵剧烈的震动，将马克震醒，支楞一下挺直了身子，睁开眼睛，马克发现自己不知什么时候睡着了。

第一个强烈印象，烟尘暴起，呛得人喘不上气，什么也看不见，一切一切都被爆起的浓烟、尘土笼罩在一片昏暗中，炮弹落到战壕中了。自己怎么睡着了呢？努力回忆，天将黑时下到战壕，解放军没有动静，没有枪声，只听见寒风飕飕地呼叫，“七斤半”们个个抱着大枪依坐在战壕里，半躺着打盹，自己等呀等呀，没有跳上战壕的机会，碉堡里伸出大枪，严密监视每一个人，等着等着，眼皮沉重地垂下来，努力挣扎，不能打盹，不能打盹，还是睡着了。

烟雾久久不散，战壕里的“七斤半”们还睡着，一个个迷迷糊糊抱着大枪，马克努力越过战壕向对方注视，没有看见解放军，只看见天上炮弹飞着，远处枪声越是紧密。

哎呀，太遗憾了，如果刚才醒着，炮弹落在战壕里，爆起一团烟雾，正好跳上战壕向对面跑去，就是被督战队发现，他也瞄不准，只要几分钟就跑出了大枪射程，解放军前沿就在不到几百米的前方，唉，自己怎么就睡着了呢。

马克抖起精神，等着第二颗炮弹飞过来，解放军不可能只打一炮，只能一炮一炮地校正落点，一定还会打过来炮弹。

嗖，刚听到炮弹飞过来的声音，马克突然跃起身子，手扶着战壕沿儿。纵身一跳，跳上了战壕，方向没错，他担心一时紧张看错了方向，前面没有一棵树，没有建筑，早早地一切掩体都伐光了，一下一下，前方闪出刺眼的光亮，是炮位在打炮，没错，放开双腿向前跑，轰，一颗炮弹在马克身后炸开了，更是一团浓浓的硝烟，一团浓浓的黄土尘暴，跑，跑，背后打过来子弹。

站住，站住。

督战队发现有人跳上了战壕。

又是民夫吓破了胆，炮弹爆炸声中逃命，辨错了方向。

嗒嗒嗒，密集的子弹沿着地面飞过来，在马克双腿间画出一条一条鲜红鲜红的光线。

跑，跑，马克以跑百米的神速向前奔跑。

嗒嗒嗒。

督战队看出不是辨错方向的民夫，是一个逃兵。嗒嗒嗒。

马克咬紧牙关，已经跑出不短时间了，怎么还没有看见解放军的阵地？

跑，跑，跑。

几次，地面上什么东西绊着脚步，马克身子晃了晃，没有跌倒，使足力气，向前跑。

嗒嗒嗒，枪声更加密集，子弹嗖嗖地从双腿间穿过去。

跑跑跑。

突然双腿一阵沉重，马克身子剧烈地晃了一下，随着一阵密集的枪声，马克身子向前扑过去，跌倒在地面上。

解放军战士，解放军战士。

马克没有喊出声音，突然一阵昏迷涌上来，马克失去了知觉。

…… ……

…… ……

老乡，老乡。

温暖的呼唤声中，马克微微地苏醒过来。

感觉是在房里，没有风声，一点微微的温度，有亮光，但不是电灯，昏黄的光亮，摇摇曳曳，用力睁开沉重的眼睑，眼前几个人影晃动，看不清楚面孔，低头关注地看着自己。

老乡，欢迎你投奔光明。

我们是中国人民解放军，你解放了。

解放军？

马克问着，突然想起刚才发生的事情，挣扎着要坐起来。

老乡，不要动，正在为你包扎伤口，你伤得很重，双腿都被打伤了，国民党反动派垂死挣扎，他们灭亡的时刻到了。

我，我我有重要情报。

马克想起自己为什么要跳上战壕。

我找解放军指挥领导，重要情报，紧急情报，你们一定要立即帮助我联系指挥部，我是南苑大学的学生，你们知道马克思吗？我叫马克，比马克思少一个字。我不是投奔解放军的国民党兵，我是，我是共产党，还不是共产党，已经谈话，进城之后，就履行手续，紧急情报，帮助我联系，一分钟也不能耽误，紧急，紧急。

屋子外面，一定有电话机，马克听见有人大声呼叫。

南苑大学，来了一位马克思，有重要情报，重要情报。

室内，医生安慰马克，安静安静，很快就包扎好了，放心，我们的尖刀部队已经杀进去了。

很快，听见有人说：指挥所来人了，指挥所来人了。

一阵冷气袭来，一群人围到马克身边。

老乡，你有什么情报？

马克！

一个熟悉的声音从人群背后传过来。

马克强半坐起身体。

三期肺病。

不严肃，许人呆。

许人呆走近过来，紧紧地握住马克的手。

马克哭了。

沿着河边，每座桥梁下面，都埋伏下炮位。

知道，知道，我们已经得到情报。

只是，你们的角度算错了，是在桥的东侧，我看过了，炮弹落在西侧，以桥中心为起点，45 度角，向东 200 米，快快去校正角度，大军一进了城，就危险了。

报告，报告。

许人呆跑出去呼叫电话。

洞洞拐拐，勾两两两。

一番密码，许人呆向指挥所报告情况。

又有新的伤员送进来，人们将马克从临时手术台上抬下来。

走吧。到指挥所去，那里有床位，可以休息。马克同志，感谢你，革命感谢你。

人们扶着马克登上军用吉普，车子开起来，颠颠簸簸，马克开始感到疼痛，不想说话，歪在许人呆的肩上微微地眯着眼睛，许人呆故意不让马克睡，睡着了危险，小声地在他耳际说话。

学校没事吧？

成立了护校队。

六教授情绪稳定吧？

六教授表现很好，在全市知识界产生极大影响。

当时将你留下，是组织对你最大的信任。

知道，知道。

孟老夫子呢？

我们安排好了他的生活，现在住在地下室里，非常安全。

革命需要孟老夫子。

你出来就参军了。马克向三期肺病问着。

前线用人呀，急需知识分子。

我也参军。

会的，会有安排的。

你最后一个人出来的?

最后，最后。

孟露呢?

马克突然抬起头，睁圆了一双眼睛看着许人呆。

孟露呢?

许人呆问着。

马克低下了头。

我问你，孟露呢?

我对不起她，那天夜里我不该将她留在医院里。

你说什么呀，我问你，孟露呢?

她，她她牺牲了。

汽车猛烈地颠簸了一下，嘎的一声停下。

成千上万的后续部队冲过来，向着城市冲过去。

胜利了，杀进去了，天津“解放”了。

许人呆跳下汽车，仰天大喊了一声，向着正在向前冲跑的战士，大声喊叫。

同志们，前进，前进，消灭反动派，“解放”全中国。

消灭反动派，“解放”全中国。

许人呆的喊声压下远处的炮声，枪声在夜空中震响。

同志们，前进!

前进!

冲呀！

……

第二天早晨，随军进城。

天津“解放”，许人呆、两条人命姐姐、马克，还有小无赖林希回到学校，学校完好，丝毫无损，孟老夫子带领全校师生欢迎解放军进城，很快，组织庆祝天津“解放”群众大会，同学们重新聚首，自是一片喜庆气氛。

战争远没有结束，很快，大家各奔前程。

如诗的岁月终结了，大家面对的是粮食，运输，疾病，城市改造，剿匪，清查暗藏特务，开始建设，安排就业，思想改造，土地改革，组织开工，发展生产……

需要说明的是，追求革命的马克不幸成了逃亡地主。

1952 年，马克已经是领导干部了，一天办公室通知说，昌黎老家来人外调，马克叼着香烟来到客厅，迎面站过来一个人，仔细辩论，认识，当年昌黎第二师范学校的同学，那个半夜唤醒马克救他逃跑的女学生。

哎呀，一时想不起你的名字来了。

不用想了，你看这是什么？

来人打开公文包，取出一份文契。

昌黎城外什么什么地方，良田四十亩，田地主人：齐富成。

是你吗？

是，我原来的名字叫齐富成，参加革命后改名叫马克。

好了，跟我们回昌黎吧。

岂有此理，我要向市委报告。

不用报告了，我们已经向你们市委报告过了。

说罢，一份红头文件展开在马克面前，“关于马克同志立即回乡参加土改运动的通知”。

唉，马克同志跟着他少年时代青梅竹马的好朋友孙惠兰回昌黎去了。

……

作者附志：

小说情节纯属虚构，祈方家切勿考据索隐，昔日同窗好友，更不可据此申请离休待遇，切切。

寒儒　林希叩拜，再拜，三拜

林希主要著作目录

长篇小说：

北洋遗怨．北京：作家出版社，1988.

桃儿杏儿．北京：作家出版社，1998.

买办之家．北京：中国文学出版社，1997.

小说集：

小的儿．北京：新华出版社，2010.

相士无非子．天津：百花文艺出版社，1998.

家贼．北京：群众出版社，2004.